Daniel Cario

Un Chien dans la nuit

Éditions ouest france

Toute ressemblance avec des personnages ayant réellement existé ou des événements véritables ne saurait être que pure coïncidence.

I

Des vertiges, une myriade de papillons tournoyait dans l'habitacle de la voiture. Elle écarquillait les yeux. Les muscles du cou s'amollissaient, sa tête s'affaissait sur la gauche, sur la droite. Elle rectifiait brusquement la position en clignant des paupières. Elle avait trop bu. Bu trop vite. Elle s'en voulait, mais l'alcool lui était devenu indispensable. Pour oublier. Un faux-fuyant, jamais elle n'oublierait.

Heureusement, il y avait les copines de la maternité, une équipe, presqu'une famille, dont la chaleur lui prodiguait un peu de bonheur. Elle revenait de l'anniversaire de Julie. Julie Tournis. Elle portait bien son nom, toujours la bougeotte. Vive, un regard de feu, 26 ans, blonde et bien fichue. Courtisée donc, pas toujours des plus farouches. Elle n'était pas pour autant une allumeuse, encore moins une nymphomane.

Ce jeudi soir-là, Julie offrait un pot – pas du champagne, elle n'avait pas les moyens, quelques bouteilles de crémant feraient l'affaire. Un flacon de whisky quand même, pour les messieurs. Véronique Quinet préférait elle aussi les alcools forts, qui en la grisant aussitôt lui donnaient l'illusion d'aller mieux. Elle avait bu… Combien de verres au fait ? Véronique se frotta le visage, s'efforça de rester concentrée sur la route. Un premier pour trinquer, dose officielle, vite éclusé. Puis un second, déjà plus tassé, savouré avec l'infirmier qui lui faisait du gringue. Il croyait la faire rire avec ses blagues éculées, elle feignait d'entrer dans son jeu. Il n'était pas vilain garçon, ce n'était pas désagréable de plaire encore, puisque son mari la délaissait. Pas question pour autant de conclure dans une minable chambre d'hôtel.

Véronique n'avait trompé son mari qu'une seule fois, il y avait longtemps, avec un chirurgien du CHU. Beau garçon, plutôt sûr de son fait, il lui faisait les yeux doux. Elle s'en amusait. Puis il y eut cette réception. Alban remarqua le manège du jeune homme. Elle se savait surveillée, ce n'était pas pour lui déplaire de le rendre jaloux. Ce soir-là, ils avaient fait voiture commune. Le trajet du retour, Véronique se taisait, elle attendait quelque remarque acide dont il avait le secret.

— Alors, c'est pour quand ?

Elle tressaillit, poussa un cri.

— De quoi tu parles ?

— Ne fais pas l'innocente, je t'en prie.

Bien sûr qu'elle avait compris.

— Je t'assure que je ne vois pas…

— Ton petit chirurgien, il t'a plutôt à la bonne, non ?

— Ah, oui… Je ne sais pas ce qu'il me veut.

— Moi, je crois deviner.

Elle se força à rire.

— Qu'est-ce que tu vas chercher !

— Soit dit en passant, il n'a pas trop mauvais goût. Tu es encore… appétissante. Pour une petite partie de jambes en l'air vite fait bien fait, il n'y a pas besoin de se montrer trop difficile.

Encore appétissante, merde, elle n'avait que 27 ans !

— Je te remercie pour le compliment.

Silence. Alban tenait son véhicule au milieu de la chaussée étroite. Il sifflotait, sans doute pour l'agacer, pensa-t-elle.

— Je ne sais pas si tu as remarqué, mais ton joli cœur, il chasse tous azimuts depuis son arrivée. Faute d'avoir conclu dans des bras plus jeunes, il se rabat sur toi. Ou alors, c'est pour compléter sa collection. La femme du patron, c'est un trophée loin d'être négligeable.

Sous son apparence cordiale filtrait un cynisme redoutable. Rencognée dans son siège, Véronique se taisait, les yeux rivés sur la route, les paupières chargées de larmes. Il n'en avait pas fini.

— Juste une chose, ne te rends pas ridicule. Je n'ai pas envie d'être la risée de tout le service si je devais être cocu. Au fait, vous avez intérêt à vous presser. À sa demande, ton prétendant a obtenu un poste en région parisienne.

Le lendemain, la jeune femme fixait rendez-vous au jeune homme sur un chemin en pleine campagne angevine. Ce fut la seule fois de sa vie où elle fit l'amour dans une voiture. Elle n'en avait pas conservé un souvenir inoubliable.

Le chirurgien était un adepte de la moto. Quelques jours plus tard, il s'expédiait dans le décor : fracture du crâne, tué sur le coup.

Véronique réfréna un bâillement. Léo Dallet, l'infirmier blagueur, le troisième verre c'était lui. Elle avait protesté pour la forme : il faut que je rentre. Ton mari t'a pas attendue ? Elle avait souri. Chacun sa voiture. Un chef de service, ça ne vit pas au même rythme qu'une sage-femme, soit-elle son épouse. Elle avait ajouté : « Surtout si elle est son épouse. »

Alban s'était éclipsé dès la fin de son service, après avoir décliné l'invitation, formulée pour le principe, Julie savait pertinemment qu'il refuserait. Elle en avait fait part à son amie.

— Il avait pourtant une tenue si chic qu'on aurait dit un smoking, avait-elle ironisé.

— Ah bon ?

— Ouais, une veste claire. Un blanc cassé qui lui va à ravir. Tu sais, Véro, il est pas mal du tout ton bonhomme. Si t'étais pas une copine…

— Confidence pour confidence. Je suis pas du genre possessive. Si le cœur t'en dit…

— Tu plaisantes. Le gynéco en chef, j'aurais trop peur de le décevoir.

Bien que ne participant pas au pot, Alban était en effet à son avantage ce soir-là. Une veste achetée pour une garden-party avec les pontes du CHU. Il ne l'avait portée qu'une fois ou deux. Quand il avait quitté l'étage, Véronique s'était arrangée pour l'éviter, afin de ne pas subir ses mises en garde. Comme lors de chaque pot.

La sortie d'Angers, direction Cantenay-Épinard, un itinéraire qu'elle connaissait par cœur. Elle s'engagea sur le rond-point sans avoir ralenti, coupa la route à un véhicule qui dut se déporter sur la gauche afin de ne pas l'emboutir. Le coup de klaxon rageur lui fit recouvrer ses esprits. Réflexe idiot, elle écrasa la pédale de freins. Sa Clio chassa sur la droite, tutoya le trottoir avant d'emprunter la sortie. Elle rectifia la trajectoire, vida ses poumons afin de se calmer.

Le troisième verre était de trop. Si elle soufflait dans le ballon, elle était bonne pour se faire sucrer son permis. Elle décida de rouler au pas. Se fit klaxonner de plus belle dans son dos. Elle soupira, actionna son clignotant droit, se rangea sur le bas-côté afin de libérer le passage. Une grosse cylindrée la doubla en trombe, avec des appels de phare. Un type pressé de rentrer chez lui, il était plus de 21 heures.

Elle se serait sentie mieux sans un fichu brouillard qui noya soudain le paysage. Toujours au même endroit, le long de la Mayenne, des nappes aussi épaisses que des nuages égarés du ciel. Elle n'y voyait plus rien, gardait le milieu de la chaussée. Elle n'était plus très loin. La tension réactiva sa lucidité. Elle ressassait sa journée de merde.

Véronique Quinet était sage-femme à la maternité d'Angers, dirigée par son époux, gynécologue, chef de service. Ouais, une journée noire. Un accouchement par le siège, elle avait demandé trop tard la césarienne, le bébé n'avait pas résisté, la mère avait failli y rester. Elle avait dû subir les reproches silencieux de son mari, appelé en catastrophe. Il avait raison, elle aurait dû le prévenir plus tôt : lui, aurait sauvé l'enfant.

Une zone de virages prononcés. Le passage lui faisait horreur, pas d'être dangereux. Un souvenir atroce, c'était là que Mathilde… Les larmes lui brouillèrent la vue. Une silhouette basse déboula dans l'opalescence laiteuse. Véronique poussa un cri. Elle freina à mort, mais il était trop tard. Un bruit sourd, mat, affreux, celui d'un corps heurté par la lourdeur du métal. Puis, plus rien, le silence, encore plus oppressant.

Les mains tétanisées sur le volant, Véronique tremblait de la tête aux pieds. La masse du véhicule continuait au ralenti. Lui passa par la tête l'idée de ré-accélérer. Un chien de toute évidence, un molosse même. L'animal n'était peut-être que blessé, elle se ravisa. La mort dans l'âme, elle s'arrêta un peu plus loin. Son premier réflexe fut de vérifier son véhicule. Le phare droit était fendu. Il n'éclairait plus. Sur l'allée luisante de la route, aucune trace du chien. Le choc avait dû le propulser sur la droite.

En ce soir de novembre, le ciel était dégagé, la lune était scindée en deux, Véronique n'y voyait goutte. Elle scruta les profondeurs du fossé en le longeant lentement, rien. Elle aurait pourtant juré qu'il s'agissait d'un animal de taille importante. De hautes herbes couvraient la berme, elle s'approcha trop près du bord, ses pieds dérapèrent, elle atterrit debout dans l'eau fangeuse, enlisée jusqu'aux chevilles. Elle jura à voix basse, remonta. Un bruit de succion, son escarpin gauche resta collé dans la vase. Elle se mit à genoux, fouilla avec répulsion le fond incertain, en vain. Tant pis, ce serait l'occasion d'en acheter des neuves. Quant au clébard, seulement blessé, il avait dû filer. C'était toujours ça.

Véronique revint à pas lents vers sa voiture. Le gravier lui picotait la plante du pied. Elle gardait toujours une paire de chaussures de rando dans son coffre, au cas où. Elle s'assit sur le bord de la carrosserie, ôta son escarpin et les enfila. Elle hésita à se débarrasser de la chaussure orpheline, la jeta entre les sièges, elle reviendrait chercher l'autre quand il ferait jour.

Le brouillard s'était en partie dissipé. Une chance maintenant qu'elle n'avait plus qu'un seul phare. Elle reprit sa route. La tête lui tournait à nouveau. Le café à la sortie de Cantenay était encore ouvert. Le patron était célibataire. Ce n'était pas un choix.

De physique plutôt ingrat, Paul Molinges souffrait de la solitude. Il n'avait que ses clients près de qui s'épancher, aussi son établissement était-il ouvert du matin au soir, et même au-delà de l'heure de fermeture imposée par la préfecture. Véronique s'y arrêtait régulièrement. Une pause les soirs où elle était crevée, plutôt l'envie d'un dernier verre sans conséquence, puisqu'elle n'était plus qu'à quelques minutes des Grandes Reussières, la vaste longère où résidait le couple Quinet. Pas d'enfant. Ou plutôt plus d'enfant.

Véronique se gara sur la placette en façade. La salle était vide. Passé 19 heures, plus grand-monde ne circulait dans la campagne angevine. Quelques jeunes en goguette, le samedi soir, sur des vélomoteurs pétaradant comme des machines infernales à vingt-cinq à l'heure, une illusion de puissance de faire du bruit. Ou un voisin mal marié, qui traînassait avant de rejoindre le logis familial.

La clochette au-dessus de la porte. Le grelot donnait à chaque fois l'impression de pénétrer dans un monde révolu. Le mobilier lui-même était à l'ancienne. Des tables recouvertes de formica, des chaises aux montants et au dossier incurvés, un large comptoir de bois rougeâtre, dont le vernis s'écaillait en plaques malades. Une seule tireuse à bière, la plus ordinaire. Derrière le comptoir, une grande glace était auréolée de fleurs grisâtres devant lesquelles s'alignaient les bouteilles.

— Mme Quinet, quelle bonne…

Le bistrotier suspendit sa phrase. Véronique comprit son hésitation quand elle aperçut son reflet dans le miroir. La polaire blanche enfilée dans le vestiaire du CHU était maculée jusqu'aux coudes, le jean jusqu'aux genoux. Ses cheveux blonds en bataille, ses yeux hallucinés, ses joues marbrées, on aurait dit qu'elle avait affronté une tempête.

— Ça ne va pas ?

— Si. Il pleuvait à Angers et il y avait un de ces vents…

— Ah bon ? Ici, ça n'a pas soufflé du tout. Il n'a pas plu non plus. Un petit whisky, comme d'habitude ? J'ai fait rentrer ce matin un vingt ans…

— Non. Je suis trop fatiguée. Avec ce brouillard, c'est une vraie chierie de conduire. Un café serré, plutôt.

Le patron la servit, il la dévisageait, toujours aussi intrigué.

— Vous êtes allée marcher ?

— Bah, non. Pas à cette heure-ci quand même. Pourquoi vous me demandez ça ?

Paulo se pencha par-dessus le comptoir.

— Comme ça, pour rien. Vos chaussures, le bas de votre pantalon tout crotté. On croirait que vous êtes passée par des chemins creux. Moi-même, quand j'étais plus jeune, je ne détestais pas me balader la nuit. À condition d'avoir une bonne lampe-torche, on découvre des choses qu'on….

— Je fais encore ce que je veux sans avoir de comptes à rendre !

Le patron eut un haut-le-corps, le torchon douteux força le verre dont le pied se brisa net entre ses doigts. Véronique regretta aussitôt son éclat. Afin de se rattraper, elle fut sur le point de raconter sa mésaventure avec le chien errant, mais c'était enclencher une nouvelle cascade de questions.

— Des accouchements difficiles. Un bébé mort avant d'avoir pu le sortir du ventre de sa mère.

— Excusez-moi, je ne pouvais pas deviner.

Véronique esquissa une moue lui pardonnant son indiscrétion.

— Ça arrive plus souvent qu'on le pense, vous savez. Et pourtant, je ne parviens pas à m'habituer.

Le café était chaud bouillant, elle se sentait de plus en plus mal à l'aise, regrettait de s'être arrêtée. Elle souffla dessus, fit tourner la cuiller dans la tasse alors qu'elle n'avait pas mis de sucre. Tout en essuyant ses verres, Paulo gardait un œil sur sa cliente. Conscient de son désarroi, il brûlait d'en connaître la raison. Il cherchait un autre angle d'attaque. Elle s'empressa de finir son café. Paya, sortit.

Au moment de franchir le seuil, Véronique Quinet se trouva nez-à-nez avec un client sur le point d'entrer. La trentaine, bon teint, une salopette crasseuse, un ouvrier qui revenait du boulot. Ou un paysan qui avait remisé son tracteur un peu plus loin.

— C'est à vous, la Clio sur le parking ?

— À qui voulez-vous que ce soit d'autre ?

L'homme éclata de rire.

— Qu'est-ce que ça peut vous faire ? Vous êtes de la police ?

— Je vous dis ça, moi, vous savez, c'était juste histoire de vous faire remarquer que vous avez un phare cassé.

— Merci, je m'en suis rendu compte, figurez-vous. Si vous n'êtes pas flic, vous êtes peut-être garagiste ?

Interloqué, l'homme secoua la tête. Véronique le planta sur le seuil. Elle l'entendit qui s'adressait au patron.

— Eh bien… Mal vissée, la petite dame.

II

La C5 d'Alban était garée dans la cour, à la même place au centimètre près. Cette méticulosité chronique avait le don d'irriter Véronique. Jamais d'imprévus, un tempérament lisse, sur lequel les aléas de la vie n'avaient aucune prise. Il marquait toujours un moment de silence avant de répondre, comme si aussi anodine soit la question, il prenait le temps de l'évaluer et refusait de s'engager à la légère.

Il avait laissé le portail électrique ouvert à son intention. Elle coupa le phare avant de se glisser entre les piliers métalliques. L'embrayage couina, elle faufila son véhicule à l'endroit que son mari lui avait dévolu une fois pour toutes. La longère s'étalait sur une vingtaine de mètres, à l'extrémité droite était accolé le garage. Une demeure luxueuse, entièrement rénovée sous la houlette d'un architecte, avec piscine dans la partie gauche de l'immense jardin. Une résidence de couple fortuné, en pleine cambrousse sans être trop loin de la ville. On imaginerait y habiter un chef d'entreprise, un commandant de bord, un politicien soucieux de tranquillité. Ou un gynécologue, comme Alban Quinet.

Le rez-de-chaussée se partageait entre un immense salon et la salle à manger précédant la cuisine. Les lumières étaient allumées, Alban n'était pas couché, elle allait devoir l'affronter. Soudain petite fille, adolescente paumée, elle posa les mains sur le haut du volant, y appuya le front, s'obligea à respirer lentement, à laisser son cœur recouvrer son rythme normal. Alban l'avait entendue, mais il se garderait bien de venir l'accueillir. Une position de force calculée afin de la déstabiliser. Il resterait avachi dans son fauteuil, le visage impassible, mais le regard inquisiteur, traquant les stigmates de la connerie qu'elle avait pu commettre. Qu'elle avait certainement commise.

À la grande surprise de Véronique, la silhouette qu'elle redoutait se dessina dans l'embrasure de la porte. Si elle ne descendait pas tout de suite, Alban allait deviner qu'elle n'était pas dans son état normal. Quand elle émergea de son véhicule, la lumière automatique se déclencha, elle se trouva à découvert.

— Tu es déjà rentré ? bafouilla-t-elle.

— Comme tu peux le constater.

— Depuis longtemps ?

— Ça dépend de ce que tu entends par longtemps.

Il l'examinait.

— Tu es venue à pied de la maternité ?

Elle s'obligea à rire, un ricanement horriblement faux.

— Je me suis arrêtée en route. J'ai marché un peu. La migraine, besoin de prendre l'air.

— Le pot de la petite Tournis s'est bien passé ?

— Oui… Je ne suis pas restée longtemps. Juste le temps de boire un verre et j'ai levé le camp.

— Un verre ? Seulement un verre ?

Elle éluda la réponse qu'il attendait.

— Tu es tombée dans un fossé ?

— Non, j'ai marché sur le bas-côté, je te dis. Avec le brouillard, l'herbe était mouillée. C'est d'ailleurs à cause du brouillard que je me suis arrêtée. On n'y voyait plus à dix pas.

— Dans la nuit, tu n'as pas peur de te faire renverser par une voiture, comme…

— Tu sais bien que je ne veux plus qu'on parle de ça.

Il soupira, s'intéressa au véhicule. Avisa le phare endommagé.

— Tu peux m'expliquer ?

Le sentiment atroce de subir une fois de plus un interrogatoire en règle. Elle perdait pied.

— Je ne sais pas. Sans doute un connard sur le parking de l'hôpital. Je ne m'étais pas rendu compte.

— Tu as roulé dans la nuit, dans le brouillard, avec un seul phare et tu ne t'en es pas rendu compte ?

S'installa un silence pesant. Un malaise qu'il entretenait à souhait. Il faisait frisquet, elle frissonna. Elle esquissa un mouvement vers la porte restée entrouverte. Il s'interposa.

— Tu ne m'as pas répondu.

— Je ne suis pas toujours obligée de te répondre.

— Tu es sûre de n'avoir bu qu'un seul verre ?

— Puisque je te dis…

— Tu exagères, Véro. Si tu continues, tu auras un accident. Au cas où tu ne serais pas au courant, ça jase dans le service, je ne pourrai pas toujours te couvrir, un jour tu auras des ennuis. Regarde cet après-midi, si tu m'avais appelé plus tôt, l'enfant serait encore en vie.

— Tu racontes n'importe quoi. Tu sais bien que je n'avais pas bu avant l'accouchement. Rien ne laissait prévoir que ça se passerait mal.

— Dans la médecine, il ne faut pas se fier aux oracles, il faut prendre les précautions et les décisions qui s'imposent.

Le ton montait. Elle était à bout de nerfs.

— Fous-moi la paix !

Elle le poussa afin de trouver refuge à l'intérieur. Il la laissa passer. Elle se pelotonna dans un fauteuil, ramenant ses genoux entre ses coudes, roulée en boule afin de rompre tout contact.

Alban eut le tact de ne pas revenir tout de suite à l'assaut. Elle recouvra ses esprits. À ce moment-là, oui, un whisky bien tassé aurait été le bienvenu. Sa version du phare cassé ne tenait pas. Il valait mieux avouer la vérité pendant qu'il en était encore temps.

Alban rentra, entouré d'une senteur de tabac, des cigarettes blondes, une odeur douceâtre qu'elle exécrait. Il s'installa dans l'autre fauteuil, face à elle. Avec cette assurance tranquille qu'elle avait encore quelque chose à lui dire et qu'elle s'y résignerait. Question de patience… Elle estima inutile d'atermoyer.

— Pour le phare…

— Oui, j'ai deviné que tu as eu… Comment dire ? Un accrochage, un accident. Tu as mis la marche avant au lieu de la marche arrière et tu t'es payé le mur en face. C'est cela, n'est-ce pas ?

Véronique prit une profonde aspiration.

— Même pas. Un chien, un imbécile de clebs qui s'est jeté sous mes roues dans le brouillard. Impossible de l'éviter.

— Tu l'as tué ?

— Non… Enfin, je ne crois pas. Je me suis arrêtée un peu plus loin. J'ai cherché partout, il avait disparu. C'était un gros chien, il ne devait être que blessé, il a filé.

— À la bonne heure. J'ai craint un moment que tu n'aies renversé quelqu'un.

— Tu sais bien qu'à cette heure-là, il n'y a plus personne sur la route dans notre douce campagne angevine. C'est charmant, mais c'est un trou.

— Ça t'est arrivé où ?

— Dans les virages à deux kilomètres d'ici. Tu sais bien, avant la pancarte du village de Beaucarel.

Alban l'observait d'un air suspicieux.

— Si ce n'était qu'un chien, tu n'as aucune raison de te mettre dans un état pareil. C'est le genre d'imprévu qui peut arriver à tout le monde. Tu vas aller te reposer. Demain, c'est vendredi, tu restes à la maison. Après, tu auras tout le week-end pour récupérer.

Elle était soulagée. La gamine avait avoué sa faute sans prendre un retour de flammes. Alban se leva, l'aida à en faire de même et la serra contre lui.

— Tu prends une bonne douche, un calmant et tu te couches. Viens.

Il la laissa se déshabiller dans la salle de bains, l'y rejoignit et la contempla sous la douche à travers le rideau translucide. Il étreignit son corps ruisselant quand elle en ressortit. Un contact qu'elle n'avait pas connu depuis longtemps.

— Tu sais, je te trouve encore très belle, mais je t'assure, oublie Mathilde, tu ne la ressusciteras pas. Et puis…

Il marqua une pause en la serrant plus fort.

— Fais attention à ta santé. L'alcool est le pire des refuges.

Bouleversée, elle lui offrit ses lèvres. Il y appuya les siennes. Pas un vrai baiser, qui ne dura que quelques secondes.

— Pas maintenant, si tu veux bien. Tiens, avale ces cachets. Il faut dormir.

III

Épuisée, Véronique s'enlisa aussitôt dans un sommeil profond. Elle ne dormit qu'une heure, une nausée irrépressible la tira de l'inconscience. Elle n'avait rien mangé depuis un en-cas sur le pouce, à 13 heures dans la cafétéria du CHU. Le whisky, le café noir, combinés aux somnifères, lui révulsaient les tripes. Elle se redressa afin d'endiguer le flot acide.

Dans sa tête s'agitaient des images terribles. Le cauchemar, toujours le même, chaque nuit. Qui la réveillait, pantelante, huileuse d'une sueur fétide qui collait la chemise à la peau.

Mathilde…

L'année précédente. Un samedi.

Mathilde insistait.

— J'ai 14 ans, Maman. Ce sera ma première soirée. Je suis assez grande pour être raisonnable, tu peux avoir confiance…

Une adolescente sans problème, une scolarité parfois laborieuse, mais à force d'abnégation elle tirait son épingle du jeu. C'est vrai qu'on pouvait lui faire confiance. Du moins, c'est ce qu'estimait Véronique. Le père était plus réticent.

— Tu vas rentrer comment ?

— À pied, ce n'est pas bien loin.

— Il n'en est pas question.

Véronique avait posé la main sur le poignet d'Alban.

— J'irai la chercher. Minuit, ça te va, Mathilde ?

Une moue contrariée.

— La soirée sera à peine commencée. 1 heure ?

— Entre minuit et 1 heure.

— D'accord, mais c'est moi qui t'appellerai. J'ai pas envie d'avoir la honte auprès des copines.

La mère avait souri. Elle se souvenait de ses premières sorties à son âge.

— J'irai te conduire, comme ça je verrai où c'est. Je te dirai où me rejoindre en toute discrétion.

Alban était parti se coucher. Véronique était restée dans le salon, devant la télé, son téléphone portable sur la table devant elle. Les blablablas du samedi soir, les magazines à la noix, elle s'était assoupie. L'inconfort de la position l'avait réveillée. L'écran du téléviseur grésillait, elle avait mis quelques secondes à recouvrer pleine conscience. Un coup d'œil sur son portable qu'elle essaya de réactiver. Batterie à plat, quelle conne ! Elle brancha le cordon d'alimentation. Un SMS de Mathilde. « Il est 1 heure, tout le monde s'en va, tu peux venir me chercher ? »

Véronique se leva, jeta un œil sur la pendule dans la cuisine : putain, 3 heures ! Elle hésita à réveiller son mari, mais ce n'était pas la peine de l'alarmer pour rien. Ses clefs de voiture sur la crédence dans le vestibule, sa parka qu'elle arracha de la patère. Elle s'engouffra dans son véhicule, fit couiner la première, sortit entre les deux piliers au risque d'y raboter sa carrosserie.

« Calme-toi. Ce n'est pas le moment de te foutre au fossé. »

Véronique s'obligea à ralentir. D'une minute à l'autre allait se dessiner dans ses phares la silhouette déterminée de Mathilde, sa capuche sur la tête.

La nuit était claire. Aucune trace de sa fille. Véronique arriva au lieu convenu. Se gara sur le bas-côté. Réalisa qu'elle avait laissé son téléphone en charge. Décidément, cette nuit-là, elle n'était bonne à rien. La maison de la copine se situait à une centaine de mètres en contrebas, un bout de chemin étroit bordé de pierres dressées, nervuré par les pluies. Véronique veillait à ne pas se tordre les chevilles. Aucune lumière, la fête devait être finie. Elle avança sous l'auvent de l'entrée, hésita à sonner. Si elle réveillait tout le monde pour rien, elle passerait pour une idiote. Mathilde, elle avait toute confiance en elle. Pourquoi s'inquiéter ? Sa mère n'arrivait pas, on lui avait proposé de rester dormir. Ça lui revenait maintenant, les parents étaient là, jamais ils n'auraient laissé une adolescente partir seule dans la nuit, à pied. Elle remonta le chemin à pas lents. S'installa à contre-cœur dans son véhicule. Resta ainsi de longues minutes, désemparée. Elle soupira. Demain, il serait temps d'aviser.

Alban dormait toujours. Elle referma doucement la porte de la chambre. S'allongea dans le canapé du salon. Cette fois, elle ne parvint pas à trouver le sommeil. Sinon en fin de nuit, dans la lumière de l'aube. Elle émergea en sursaut. Mit un certain temps à se rappeler ce qu'elle faisait là, encore tout habillée. Mathilde. Son portable était rechargé. Elle pressa le bouton. Aucun nouveau message. Elle l'appela. Pas de réponse. Il était encore très tôt, la joyeuse équipe avait dû faire la fête, tout le monde dormait encore.

Véronique se leva, se prépara un café bien tassé. Du bruit dehors, le gravier qui crisse. Elle poussa un profond soupir de soulagement. Ouf… C'était Mathilde. Elle s'apprêtait à lui ouvrir quand retentit la sonnette. Elle tourna la clef dans la serrure, entrebâilla la porte métallique, du solide, une idée de l'architecte, plutôt design moderne.

— Chut, ne fais pas de bruit, ton père…

Deux silhouettes noires.

— Mme Quinet ?

Les gendarmes.

Une angoisse terrible, immédiate, lui avait traversé le corps comme une décharge électrique.

— Il va falloir être courageuse, Mme Quinet.

La voix était grave, empreinte d'une compassion évidente. Véronique ne voulait pas comprendre.

— Ma fille a fait une bêtise ? Elle m'avait pourtant promis de…

— Elle a eu un accident.

— Ce n'est pas trop grave au moins ?

Quelques secondes d'un silence affreux.

— Hélas, si…

— Grave, grave… Vous ne voulez pas dire… ?

— Elle a été renversée par une voiture, elle n'a pas eu le temps de souffrir.

Véronique était tombée dans les pommes, au moment précis où surgissait Alban. Lui, appréhenda tout de suite la gravité de la situation. En deux mots, les gendarmes lui expliquèrent le drame. Il se prit les tempes en gémissant, refusant la terrible nouvelle. Puis une course irréfléchie qui s'acheva à genoux sur le gravier de l'allée. Une prostration de quelques minutes. Entre-temps, les gendarmes avaient porté Véronique jusqu'au canapé. Il les rejoignit.

— Elle avait pourtant promis d'appeler sa mère, marmonna-t-il en se laissant tomber dans un fauteuil.

— Ces routes de campagne sont dangereuses, les bas-côtés sont trop étroits, fit le plus âgé des flics.

Alban avisa le portable en charge de Véronique. Il découvrit le message de Mathilde. Poussa un cri horrifié.

Véronique gémit, elle revenait à elle. À la vue des uniformes, elle se souvint aussitôt. Se raidit, se convulsa. Éclata en sanglots. Elle prit conscience du regard sévère de son époux, deux stylets qui la perforaient jusqu'au cerveau.

— Tu n'es pas allée la chercher ?

La voix était rauque, accusatrice. Véronique poussa un cri, se débattit sur place comme si on l'agressait.

— Si ! Si… Je suis allée, mais je ne l'ai pas trouvée. Tout était éteint chez sa copine. J'ai pensé qu'elle était restée dormir là-bas.

— Comment tu peux dire ça ? Elle t'a appelée, elle t'a laissé un message ! Tu ne l'as pas vu, tu n'as pas répondu ?

— J'ai dû m'endormir. Mon téléphone n'était…

— Tu te rends compte de ce que tu as fait ? la coupa Alban d'une voix épouvantée.

Il se leva et sortit en jurant.

Un cauchemar permanent, même éveillée. Véronique tituba jusqu'à la salle de bains afin de vomir dans la cuvette des toilettes. Coïncidence terrible, l'accident de Mathilde s'était produit sur la même route, au même endroit que pour le chien. Le chauffard s'était enfui, on ne l'avait pas retrouvé, ni le téléphone portable de sa fille.

Véronique regarda l'heure sur la pendulette au-dessus du lavabo. 23 heures. La tête lui tournait, mais l'estomac libéré, ça allait mieux. Elle descendit dans la cuisine afin de grignoter quelque chose. La porte d'entrée couina. Alban. Il entrait. Depuis plus d'un an, ils faisaient chambre à part. Il rechignait à partager le lit d'une pocharde.

Alban la fixa d'un air intrigué :

— Tu ne dors pas ?

— Je dormais, mais j'ai eu envie de vomir. Toi non plus, tu n'es pas couché ?

— Je suis trop fatigué pour avoir sommeil. Je suis sorti prendre l'air, fumer une petite cigarette.

— C'est à cause de moi que tu es inquiet ?

Il soupira. Haussa les épaules.

— Oui, pour ne rien te cacher. Ma pauvre Véro, tu files du mauvais coton. Il est temps de te ressaisir.

— Arrête de me torturer avec ça.

— Parce qu'en plus, c'est moi qui te torture ? Regarde-toi, tu tiens à peine debout.

— C'est tes cachets. Je sais ce que tu penses. Je t'assure qu'aujourd'hui, je n'avais pas trop bu.

— À t'entendre, tu n'as jamais trop bu, ma pauvre Véro. Tu es en train de te ruiner la santé, mais tu refuses de voir la vérité en face.

Long silence. Le somnifère recommençait à produire son effet. Véronique chancela.

— Va donc te recoucher. Pour demain, je dirai que tu es malade. De toute façon, il vaut mieux éviter le service pendant quelques jours.

IV

Ils se chamaillaient du moment où chacun émergeait de sa chambre. S'en seraient-ils dispensés que leur mère se serait inquiétée pour leur santé. La salle de bains était leur premier sujet de discorde. Si Lucette parvenait à s'y engouffrer avant Jérôme, à en verrouiller l'accès avant que son frère ne glisse le pied dans l'entrebâillement, elle prenait un malin plaisir à le laisser mariner dans le couloir, à faire la sourde oreille quand il la suppliait de se bouger les fesses. Puis, pomponnée, elle entrouvrait la porte, le sourire malicieux et le regard triomphant :

— Moi je me lave, je ne suis pas un goret comme toi.

Jérôme ne disposait que de quelques minutes pour se préparer et engloutir à la hâte son petit déjeuner.

— Petite vipère, tu perds rien pour attendre.

Nouveau sourire façon Lucette, encore plus angélique.

— Je sais pas ce que je perds, mais moi, je t'attends, ricanait-elle du vestibule où elle avait déjà enfilé son coupe-vent.

Les Morinot habitaient à Feneu. 10 et 9 ans, le frère et la sœur se rendaient à l'école primaire de Cantenay-Épinard à bicyclette. L'occasion pour le garçon de se venger enfin, surtout les matins pluvieux. La pédale plus alerte, il la semait aussitôt. Elle, était trop fière pour le supplier. Du moins au début. Puis elle lui intimait de ralentir, elle avait un point de côté… Il jubilait, accélérait de plus belle. Elle se plaindrait aux parents. Une menace à prendre au sérieux : elle était plutôt du genre cafard. Jérôme condescendait à modérer son allure, mais donnait une nouvelle impulsion quand elle revenait presque à sa hauteur, levant une autre flambée de jérémiades. Le lendemain, juste retour de bâton, elle squattait la salle de bains ou les toilettes encore plus longtemps.

Ce matin-là, Lucette avait abusé des commodités. En guise de représailles, il lui avait mis d'emblée deux cents mètres dans la vue. C'eût été dommage de se priver du plaisir de la voir haleter, se déhancher. Au premier coude, il mit pied à terre et en profita pour se soulager dans le fossé. Une autre perfidie toute masculine, rien que pour se régaler de sa mine horrifiée à la vue du jet, une preuve tangible de supériorité, puisque, elle, devait s'accroupir comme la chienne du voisin à l'abri des regards indiscrets.

Jérôme coucha son vélo dans l'herbe de la berme. Il se déboutonnait quand il aperçut une forme sombre à moitié immergée dans le fossé. Les yeux écarquillés, il se mit à trembler. Recula.

Lucette arrivait, en nage, débraillée. Il n'eut pas la cruauté de lui infliger un spectacle aussi atroce.

— Arrête-toi ! cria-t-il en se précipitant à sa rencontre.

— Qu'est-ce qu'il y a encore ?

— Arrête-toi, je te dis ! insista-t-il en lui barrant le passage. Sinon, je te connais, tu vas faire des cauchemars pendant quinze jours.

V

Véronique Quinet passa une nuit paisible, qui ne présageait en rien les événements de la journée à venir. Après l'avoir assiégée pendant son premier sommeil, le cauchemar la laissa en paix jusqu'au petit jour. Elle s'étira dans son lit. D'avoir vomi lui épargnait une gueule de bois carabinée. Son accident la turlupinait, mais Alban lui-même l'avait dit, il ne s'agissait que d'un chien, seulement blessé de toute évidence, puisqu'il avait trouvé la force de filer.

Il avait gelé avant l'aube, ce qui n'empêcha pas la jeune femme de s'aventurer en pyjama sur la terrasse en façade. Une sorte de flagellation afin de se revigorer. Côté tempérance, Alban n'avait pas tort. Elle devait se reprendre, ne serait-ce que pour s'épargner chaque matin l'image de son visage bouffi dans la glace. Pour lui, aussi. Alban s'était attendri la veille. Il n'était pas trop tard pour rabibocher leur couple. Pour faire enfin leur deuil en bonne intelligence, malgré sa culpabilité dans cette sinistre histoire.

Véronique engloutit un solide petit déjeuner. Se doucha, puis se coula jusqu'au menton dans un bain moussant où la gagna une somnolence délicieuse. Après s'être séchée énergiquement dans une serviette rêche, elle osa se détailler dans la glace en pied. 42 ans, un peu d'embonpoint, de la peau d'orange sur les hanches quand elle en pinçait la chair à pleine main, des seins lourds aux pointes dures et grumeleuses, une épaisse toison pubienne, un corps de quadragénaire épanouie, rassurante. Tant qu'à être optimiste, elle se maquilla avec un soin particulier, se vernit même les ongles. Elle enfila un jean et un pull à grosses côtes dont le col effiloché lui couvrait les épaules jusqu'à la naissance du cou.

Alban l'avait assignée au repos. Toute la matinée, Véronique musarda dans le salon. Un peu avant midi, les nuages perdirent de leur opacité au profit du soleil. La chaise longue de l'été était restée sur la terrasse. Elle s'y installa. Ferma les paupières. Glissa dans une paisible langueur. Puis elle eut faim à nouveau. Il restait du pain de la veille, pas encore trop rassis. Une tranche de jambon, quelques cornichons, un solide sandwich d'étudiante, comme au début de son union avec Alban, où ils ne s'embarrassaient pas d'efforts de cuisine.

Il ne restait plus de canettes de bière au frigo. En revanche, une bouteille de vin blanc entamée se nimbait d'une buée fort engageante. Elle hésitait à trahir déjà ses vertueux principes. Allons… Un verre de Chardonnay, ce n'était pas se remettre à picoler…

Elle déjeuna sur la terrasse, les cheveux au vent. Elle allait se servir un second verre quand retentit la sonnette de la porte d'entrée.

Elle soupira. Un coup d'œil sur sa montre, 13 heures, elle hésita à répondre. *On* insista. Sans doute le facteur ou les témoins de Jéhovah, des vrais crampons, ceux-là. Elle se leva, s'ébroua des miettes accrochées à la laine de son pull.

Deux silhouettes sombres se dessinaient à travers la vitre dépolie. L'image évanescente d'un souvenir affreux. Les gendarmes. Le souffle coupé, elle ouvrit.

— Mme Quinet ?

Mathilde.

— Mon mari, il a eu un accident !

Les deux gendarmes échangèrent un regard intrigué.

— Non… C'est pour vous que nous sommes là.

— Pour moi ?

— Oui, nous vous signifions votre placement en garde à vue à partir de cet instant. Il est de notre devoir aussi de vous indiquer que tout ce que vous direz pourra être retenu à votre encontre. Vous allez nous accompagner.

« Le propriétaire du chien, se dit Véronique. Il a porté plainte. »

— C'est à propos…

— Prenez de quoi vous changer et faire votre toilette. Le chef de brigade a un certain nombre de questions à vous poser.

Abasourdie, incapable de rassembler ses idées, Véronique monta dans sa chambre, fourra quelques affaires dans un sac de voyage, des dessous de rechange, sa trousse de toilette. Puis elle descendit, sortit et ferma à clef la porte de la longère.

Les gendarmes l'attendaient dans la cour extérieure.

— Il s'agit de votre voiture ?

— Oui. Mon mari et moi, nous possédons chacun la nôtre. C'est plus commode, même si nous travaillons tous les deux au CHU.

Celui qui paraissait le moins gradé fit le tour du véhicule. S'arrêta devant le phare cassé.

— Ça fait longtemps que ça vous est arrivé ?

Véronique ne chercha pas à finasser. Après tout, les proprios, ils n'avaient qu'à ramasser leur clébard !

— Hier soir, en rentrant de la maternité.

Elle entreprit de raconter sa mésaventure de la veille.

— Vous vous expliquerez dans les locaux de la gendarmerie le moment venu.

Le véhicule bleu marine était garé sur le bas-côté, au vu et au su des automobilistes circulant sur la route de Feneu. Les Quinet n'avaient comme voisins que des fermiers et la femme qui leur avait vendu la longère. Celle-ci habitait en contrebas, en mitoyenneté de terrain. La bagnole des flics ! Ils devaient se demander ce qui se passait. Elle s'y installa avec la sensation odieuse d'être une criminelle. Une fourgonnette se profila au loin, ralentit en apercevant la maréchaussée. Un artisan de Soulaire-et-Bourg, un plaquiste. Véronique avait accouché son épouse il n'y avait pas si longtemps. Leurs regards se croisèrent. Une seconde, pas davantage, mais elle eut le temps d'y lire une interrogation teintée d'incrédulité.

VI

Les événements s'enchaînaient à une vitesse infernale. Les yeux clairs de l'officier scrutaient le visage de la femme par-dessus le bureau. Une évaluation silencieuse avant le début des hostilités. Alors qu'elle n'avait de raison cruciale de s'angoisser outre mesure, Véronique se sentait aspirée dans l'œil du maelström. La même litanie lui fut débitée une seconde fois. Des mots atroces de séries télévisées, qui s'entrechoquaient dans son cerveau comme les billes d'un flipper endiablé. Garde à vue. Elle pouvait choisir de se taire ou de communiquer, mais en ce cas, tout ce qu'elle dirait dorénavant pourrait être utilisé à son encontre. Il était dans ses droits de réclamer la présence d'un avocat, de prévenir quelqu'un de son entourage. Ces derniers mots la firent réagir.

— Oui, mon mari. Il est gynécologue à la maternité d'Angers, bredouilla-t-elle.

— Je comprends. Nous allons l'appeler. Un avocat ?

— Non… Pourquoi ? Je n'ai rien fait de mal. Je ne sais même pas pour quelle raison je suis là.

— On va vous expliquer.

Le capitaine pianota sur son ordinateur. À cran, Véronique retenait son souffle. Il obtint le standard de l'hôpital, demanda à ce que l'appel soit basculé sur la maternité. Il souhaitait joindre le docteur Quinet.

— C'est de la part de qui ?

Véronique reconnut la voix : Louise, une pimbêche qui ne portait pas la femme du patron dans son cœur, et qui ne se gênait pas pour lui manifester son animosité.

— C'est personnel.

— Le docteur Quinet ne reçoit pas de coups de fil personnels pendant son…

— C'est important.

— Je vais voir ce que je peux faire.

— On est souvent bousculé dans le service, expliqua Véronique de façon pitoyable.

Un silence pesant. Le capitaine posa une main sur le combiné.

— Vous pouvez nous dire où vous étiez hier soir aux alentours de 21 heures ?

Elle ne s'était pas trompée, c'était à propos de ce foutu clébard.

— Sur la route. Je rentrais de la maternité où je travaille. Je suis sage-femme, dans le même service que mon mari. J'ai d'ailleurs eu un petit ennui…

Louise était revenue. Sa voix bourdonna dans le combiné. Elle parlait fort, comme à son habitude. Tout le monde la soupçonnait d'être un peu sourde.

— Le docteur Quinet est en train d'opérer. Un accouchement qui se passe mal. Vous ne voulez toujours pas me dire qui vous êtes ?

— Je rappellerai.

— C'est qu'il va…

Le brigadier avait raccroché.

— Hier soir, je vous écoute…

Soucieuse de clarifier la situation, Véronique s'efforçait de ne rien omettre. Le pot au centre hospitalier, la route, la fatigue, la contrariété aussi à cause de l'accouchement qui s'était mal passé. Le brouillard. Le gendarme griffonnait sur un bloc-notes. Il l'interrompit :

— Vous aviez beaucoup consommé au pot auquel vous me dites avoir participé.

— Un verre ou deux, pas davantage.

— Quelle boisson ?

Elle hésita.

— Du whisky.

— Deux verres de whisky ? C'est un alcool fort, surtout si les verres étaient remplis.

— J'étais en état de conduire.

— Le petit ennui dont vous avez commencé à me parler ?

— Il y avait du brouillard, on n'y voyait pas à dix mètres. Un chien, un gros chien, il s'est jeté sous mes roues, je n'ai rien pu faire pour l'éviter, sinon freiner bien entendu, mais c'était trop tard.

— Vous pouvez nous dire où cela vous est arrivé ?

— Dans les virages à quelques kilomètres de chez moi.

— Vous vous êtes arrêtée ?

— Non, j'étais épuisée. J'ai eu peur, j'ai ralenti, puis je suis repartie.

Véronique regretta aussitôt d'avoir menti.

— Peur de quoi ?

— Je ne sais pas. Un chien dans la nuit, ce pouvait être celui de jeunes voyous. Ils m'auraient accusée d'être responsable, ils m'auraient réclamé des comptes, ils s'en seraient peut-être pris à moi. Si l'animal n'était que blessé, il pouvait se montrer agressif.

— Un chien, vous êtes sûre qu'il s'agissait d'un chien ?

— Ben, oui. Ce devait être un beauceron, ou quelque chose comme ça. Une grosse bête, en tout cas.

— Il y avait du brouillard, vous n'avez qu'entrevu l'animal que vous auriez percuté, et vous affirmez cependant qu'il s'agissait d'un beauceron ?

— Mes parents en avaient un quand j'étais enfant, le chien que j'ai vu hier soir lui ressemblait, mais cela n'a pas grande importance, non ?

— Donc, vous ne vous êtes pas arrêtée, vous n'êtes pas descendue de votre véhicule ?

Le brigadier sortit un sac en plastique transparent du tiroir de son bureau. Véronique reconnut aussitôt son contenu.

— Les techniciens de l'investigation criminelle ont retrouvé cette chaussure sur les lieux de l'accident. Dans le fossé. C'est à vous ?

Véronique hésita à s'enferrer dans le mensonge. Mais elle se souvint du second escarpin dans sa voiture.

— Oui…

— C'est curieux… Comment pouvez-vous avoir perdu cette chaussure dans le fossé à côté de l'endroit où vous prétendez avoir percuté un chien, alors que vous affirmez ne pas être descendue de votre véhicule.

Véronique perdait pied. Elle ne comprenait toujours pas où les flics voulaient en venir. Pourquoi un interrogatoire aussi draconien pour un misérable corniaud ?

— Si… Je me suis arrêtée, j'ai inspecté les bas-côtés, les fossés. C'est là que j'ai perdu la chaussure que vous avez trouvée. Mais le chien avait disparu. Il ne devait être que blessé, il avait filé.

— Quel besoin éprouvez-vous de nous mentir ?

Véronique accusa le coup.

— Je sais… J'ai manqué à tous mes devoirs. Vous avez raison, j'aurais dû vous appeler afin de vous signaler l'accident. J'étais épuisée. Nous avons eu une dure journée à la maternité.

— Vous persistez à affirmer que vous n'aviez pas trop bu ?

Elle croyait entendre son mari.

— Oui.

— Le patron du café à la sortie de Cantenay nous a pourtant dit que vous ne sembliez pas dans votre état normal quand vous vous êtes arrêtée dans son établissement. Vous aviez l'air... perturbée, angoissée même. Votre tenue semblait indiquer d'autre part que vous aviez marché dans la boue. C'est lui aussi qui nous a indiqué que votre véhicule avait un phare brisé. Un autre client vous l'avait fait remarquer et vous l'aviez envoyé paître de façon plutôt... agressive.

— Je viens de vous le dire. La boue, c'est quand j'ai cherché le chien. Le phare, c'est quand la pauvre bête s'est jetée sous mes roues.

— Vous êtes bien certaine qu'il s'agissait d'un animal ?

Véronique resta interloquée quelques secondes.

— Oui... Pourquoi ?

— Une jeune femme a été renversée cette nuit par une automobile qui a pris la fuite, à l'endroit que vous venez de nous indiquer. L'autopsie en cours le confirmera mais les premiers examens effectués par le médecin légiste portent à croire que la malheureuse a été percutée sensiblement à la même heure où vous auriez eu un accident avec un soi-disant chien.

— Elle est...

— Morte, oui. Il est rare de pratiquer une autopsie sur quelqu'un d'encore vivant. Ce sont deux enfants qui ont découvert le corps ce matin en se rendant à l'école. Elle s'appelait Mathilde...

Véronique reçut l'information comme un uppercut. Elle porta la main aux lèvres, chancela, n'entendit pas le nom de famille. Un flash affreux, une coïncidence atroce. Mathilde, c'est sur cette même route qu'elle avait trouvé la mort.

VII

Un sordide marais où elle perdait pied et s'enlisait peu à peu.

— Je ne comprends pas. Je vous jure que je n'ai renversé personne. Un chien, je vous dis, juste un chien. Pourquoi vous m'accusez ? Ma voiture ne doit pas être la seule à être passée hier soir sur cette route-là.

— Pour l'instant, vous n'êtes accusée de rien. L'enquête déterminera les circonstances de l'accident qui a coûté la vie à cette jeune femme. Si vous êtes impliquée ou non. Vous voyez, moi aussi, je m'efforce de comprendre. Cependant, cependant…

Il jouait avec son stylo, avec une moue éloquente.

— Tout laisse à penser que vous avez quitté précipitamment les lieux, puisque vous avez perdu une chaussure.

— Non, je l'ai cherchée. Le fossé était plein d'eau, de boue, je n'avais pas de lampe-torche, je ne la retrouvais plus.

Le brigadier esquissa une grimace encore plus dubitative.

— Vous n'auriez pas plutôt été prise de panique quand vous vous êtes rendu compte des conséquences dramatiques de votre accident ?

Véronique secoua la tête avec véhémence, mais ne pipa mot pour se défendre.

— De toute façon, votre véhicule va être examiné par les spécialistes de l'institut de recherches en criminalistique de la gendarmerie nationale. Ils seront en mesure de déterminer si vous avez effectivement percuté un animal… Ou une personne…

— En attendant…

— Vous allez rester avec nous le temps de votre garde à vue.

— Longtemps ?

— Vingt-quatre heures. C'est le règlement.

— Et ensuite ?

— Le procureur a déjà dû ouvrir un réquisitoire introductif d'instance pour une ouverture d'information judiciaire et désigner le juge d'instruction qui suivra l'affaire. Celui-ci décidera certainement votre mise en examen à la fin de la garde à vue.

Des formules absconses pour Véronique Quinet, mais dont la résonnance officielle l'accablait.

— Je ne suis quand même pas une criminelle ! Qu'est-ce que je risque ?

Le brigadier fronça les sourcils.

— Je ne suis pas juge…

Il soupira, hésita, mais il devait la trouver sympathique.

— Vous serez certainement inculpée d'homicide involontaire, autrement dit de blessure ayant entraîné la mort sans l'intention de la donner. Le plus ennuyeux, c'est que vous êtes soupçonnée de vous être enfuie et d'avoir abandonné la victime. Le juge pourra penser que vous avez voulu vous soustraire à un alcootest, puisque vous sortiez d'un pot entre collègues.

— Je vous assure que je n'avais pas trop bu.

— Assez cependant pour confondre une jeune femme avec un gros chien. Pour l'instant, un de mes hommes va prendre tous les renseignements vous concernant, votre identité, votre condition sociale, vos relations. Il va enregistrer aussi votre déposition. Vous pouvez également réclamer la visite d'un médecin, si vous ne vous sentez pas bien.

Véronique se retrouva en cellule, ravalée au rang d'une vulgaire délinquante. Anéantie. Alban avait dû être prévenu, il allait réagir. Il lui en voudrait à mort de l'entraîner dans une pareille galère, mais il ne la laisserait pas tomber. Elle s'allongea, ferma les yeux. Dormir, oublier, puis se réveiller avec le soulagement que cet imbroglio n'était qu'un cauchemar. Dans l'après-midi, un gendarme vint la chercher. Elle crut que c'était enfin terminé. Elle se retrouva face au même brigadier. Elle s'alarma aussitôt de son mari.

— Nous sommes parvenus à le joindre.

— Il va venir me chercher ?

— Ce serait peine perdue. Pendant votre garde à vue, personne de votre entourage n'a le droit de vous rencontrer, ni même de vous téléphoner.

Véronique accusa le coup, ses épaules s'affaissèrent.

— Vous lui avez quand même expliqué pourquoi je suis ici ?

— En quelques mots. Un accident. Il m'a répondu qu'il était au courant pour le chien.

— Vous voyez !

— Les techniciens ont examiné votre véhicule cet après-midi.

— Alors ?

— Pour l'instant, ils n'ont relevé aucune trace sur votre phare accidenté. L'impact sur la tempe de la pauvre fille n'aurait pas laissé d'empreinte ni de sang. Sauf si… Vous n'auriez pas essuyé votre phare, par hasard ?

— Non, bien sûr… Pourquoi voulez-vous ?

Cette fois, ce fut au gendarme de ne pas répondre.

— Vous savez, ce serait mieux de nous avouer la vérité sans vous entêter dans cette histoire de chien qui ne tient pas debout. Cela plaiderait en votre faveur.

— Je ne sais pas, je ne sais plus. Mais je vous assure que si une jeune femme s'est jetée sous les roues de mon véhicule, je n'ai pas trouvé son corps quand je suis descendue.

Le brigadier soupira en la fixant dans les yeux. Elle soutint son regard, elle paraissait sincère.

— Je souhaite la présence de mon avocat, maintenant.

— C'est en effet dans votre intérêt.

— Maître Bricourt. Il a son cabinet à Angers. Je n'ai pas son téléphone.

— On va le retrouver.

— Je vous en prie, dites-lui de venir tout de suite.

VIII

Fabien Bricourt arriva moins d'une heure plus tard à la gendarmerie de Montreuil-Juigné. Il était l'avocat des toubibs de l'hôpital d'Angers. La quarantaine, le verbe haut, le geste ample même sans sa toge noire, il passait pour être efficace. Il demanda aussitôt à rencontrer sa cliente, fort de son droit d'une demi-heure de tête-à-tête.

À force de ressasser son accident, Véronique en arrivait à admettre avoir percuté une jeune femme. Elle s'en voulait d'avoir bu, même si à jeun, elle n'aurait sans doute pu éviter la victime à cause du brouillard. Alban avait raison, ce genre de pépin lui pendait au nez. Le membre du barreau lui fit aussitôt le reproche de ne pas l'avoir fait appeler dès son arrivée à la gendarmerie. La panique, elle avait perdu toute faculté de décision. Pour un misérable cabot, elle ne pensait pas avoir besoin d'un avocat.

— Ils n'ont pas essayé de vous extorquer des aveux, j'espère ?

Elle raconta l'accident avec toute la précision dont elle était capable. La silhouette dans ses phares, elle avait cru que c'était un chien. Elle ne passa pas sous silence le délit de fuite qu'on essayait de lui faire endosser. La chaussure perdue dans l'obscurité. « Ennuyeux… » convint l'avocat en hochant la tête.

— Vous êtes sûre de ne pas avoir vu le corps de la victime ?

— J'ai regardé partout, mais les fossés étaient si profonds. J'étais crevée. Comme j'étais persuadée que c'était un chien, j'ai pensé qu'il avait réussi à filer.

L'avocat soupira.

— Ce sera difficile à prouver. Si elle n'était que blessée, votre intervention aurait peut-être pu lui sauver la vie.

— D'après ce que j'ai cru comprendre, elle aurait été tuée sur le coup.

— C'est déjà mieux. Le juge hésitera peut-être alors à vous accuser de non-assistance à personne en danger.

Véronique ne trouva un semblant de repos qu'au milieu de la nuit. La cellule exiguë, une lourde porte sinistre, de quoi devenir claustro. Le lendemain, en début d'après-midi, elle fut reçue au tribunal d'Angers par le juge d'instruction en présence de son avocat et d'un greffier. Le magistrat récapitula les chefs d'accusation et la plaça en mise en examen. Elle interrogea Bricourt du regard : rester en prison ? Une main bienveillante sur son poignet, d'un hochement de tête il lui signifia de ne pas s'alarmer.

— Vous allez rencontrer mon collègue des libertés et des détentions, reprit le juge. C'est lui qui statuera sur votre condition jusqu'à l'ouverture du procès.

— Dans combien de temps ?

— L'enquête va suivre son cours, la brigade continuer les investigations. Pas avant plusieurs mois, peut-être un an.

Véronique ne put s'empêcher de soupirer.

— Vous devez prendre conscience, Mme Quinet, que directement ou non, vous êtes responsable de la mort d'une jeune femme.

— C'était un accident.

— En toute circonstance, un conducteur doit rester maître de son véhicule. N'oubliez quand même pas qu'au lieu de signaler l'accident, vous vous êtes enfuie en abandonnant le corps de la victime.

— Ma cliente l'a cherché, intervint Bricourt. Elle était persuadée que c'était un chien. Il faisait nuit noire, elle était épuisée, ce qui peut se comprendre après une journée à la maternité d'Angers et un accouchement qui s'était plutôt mal passé. Très mal passé… Elle ne s'est pas enfuie.

— Une journée harassante, et cependant, au lieu de rentrer se reposer, Mme Quinet participe à un pot d'anniversaire où elle avoue avoir consommé deux verres de whisky. C'est pour le moins curieux, vous ne trouvez pas ?

— De petites doses. De toute façon, aucun contrôle d'alcoolémie n'ayant pu être effectué, il est hors de question de lui imputer d'avoir trop bu.

— En effet, il nous est toutefois permis de penser que Mme Quinet s'est soustraite sciemment aux contrôles qui auraient permis de lever le doute sur son état et ses capacités à prendre le volant.

L'interrogatoire en resta là. Le juge chargé des libertés et de la détention signifia à Véronique les contraintes auxquelles elle devait se soumettre : interdiction de quitter le territoire, obligation de pointer à la gendarmerie de façon hebdomadaire afin de rester sous mainmise de la justice. Sur le coup, elle eut du mal à réaliser qu'elle était autorisée à rentrer chez elle. À la brigade de Montreuil, elle put récupérer ses affaires. L'avocat se proposa de la raccompagner à son domicile, elle préféra que ce soit son mari et elle demanda à le faire prévenir. Le chef de corps lui rendit son téléphone, un vague sourire au coin des lèvres.

Alban ne répondit pas tout de suite. Il devait se trouver encore à la maternité. Quand il activa enfin son portable, il ne manifesta pas un enthousiasme évident.

— Tu es où ?

— Ben… à la gendarmerie de Montreuil. Tu peux passer me récupérer ?

— Oui… Oui, le temps de boucler ce que je suis en train de faire et j'arrive.

Véronique dut patienter plus d'une demi-heure. Un coup de klaxon impérieux. Alban, enfin. Elle se précipita avec son sac de voyage. Le gynéco était garé à cheval sur le trottoir d'en face. Il descendit lui ouvrir le coffre et l'aida à s'installer sur le siège passager. Elle se laissa aller contre le dossier dans un immense soupir de soulagement. Alban se taisait.

— Tu ne démarres pas ?

Il tressaillit.

— Tu es pressée ?

— Fatiguée. Épouvantablement fatiguée. Tu ne peux pas savoir quelle épreuve c'est une nuit en prison.

— Ce ne doit pas être très drôle en effet. Encore heureux qu'ils ne t'aient pas gardée plus longtemps.

— Ils n'avaient aucune raison de le faire.

— Tu as quand même tué quelqu'un.

— C'était un accident. Je ne comprends toujours pas ce qui s'est passé.

Alban quitta le stationnement. Un calme impressionnant malgré la gravité de la situation, mais qui masquait mal son exaspération. Elle s'attendait à une attaque en règle. Il accéléra après les dernières maisons de l'agglomération.

— Je sais ce que tu penses, intervint-elle d'une voix étouffée. Je t'assure que j'étais en état de conduire.

— Permets-moi d'en douter. Tu écrases une pauvre fille, tu crois que c'est un chien, tu ne retrouves pas le corps et dans le feu de l'action, tu perds une de tes godasses. Tu ne trouves pas que ça fait un peu beaucoup ?

Véronique mit du temps à répondre.

— Je sais. C'est invraisemblable…

— Accablant, tu veux dire.

— Un fâcheux concours de circonstances. Cela aurait pu arriver à n'importe qui, même à toi.

S'ensuivit un long silence.

— Ils ont su à l'hôpital ?

— C'est Louise qui a décroché hier après-midi. Elle n'a pas été longue à deviner que c'étaient les flics. Ni à supposer que tu avais des ennuis. Tu penses bien qu'elle s'est empressée de divulguer l'information. Je n'ai pu échapper aux questions et il n'était pas dans notre intérêt de mentir.

— Tu leur as dit…

— Que tu avais eu un accident, rien d'autre. Mais il est à parier que demain, ce sera dans la presse. J'ose espérer qu'ils ne citeront pas notre nom.

Il soupira, crispa ses phalanges sur le volant.

— Je dois te dire qu'à l'hôpital, tu es grillée pour un certain temps. L'affaire est arrivée aux oreilles du grand patron. Tu as déjà eu maille à partir avec Lelièvre, ce n'est pas un tendre, il est très attaché à la réputation de son établissement.

— Ce qui veut dire ?

— Pour l'instant, tu es suspendue de tes fonctions.

— Il n'a pas le droit. Tant que je n'ai pas été jugée, je suis considérée comme innocente.

— Épargne-moi les formules toutes faites.

— On va faire intervenir les syndicats.

Cette fois, il haussa le ton.

— Tu ne crois pas que tu as assez foutu la merde comme ça ?

Véronique se ramassa sur son siège. Ils restèrent silencieux jusqu'aux Grandes Reussières.

— Au fait, les techniciens sont venus inspecter ton véhicule.

— Je sais, le brigadier a eu l'amabilité de me prévenir. Apparemment, ils n'ont rien trouvé sur le phare endommagé dans l'accident.

— Pour l'instant, non. Mais ils l'ont quand même démonté afin de l'analyser et de chercher des traces. De toute façon, tu ne vas plus avoir le droit de conduire pendant un certain temps, je suppose ?

— Ils m'ont confisqué mon permis en effet.

— Tu vas pouvoir te reposer et prendre *peut-être* enfin le temps de réfléchir.

Véronique savait qu'Alban ne lui ferait pas de cadeau, ce qui ne l'empêcha pas de se sentir mortifiée.

IX

Le rapport d'autopsie définitif confirma que Mathilde Bergeret, célibataire, âgée de 24 ans, fille de Léonard Bergeret, décédé, et de Nicole Bergeret, avait été victime d'un choc violent à la tempe qui lui avait occasionné une plaie et un enfoncement de la boîte crânienne, la mort avait été instantanée. Elle devait se trouver en position basse sur le bas-côté de la route quand le phare l'avait heurtée, accroupie ou à quatre pattes. Les analyses révélèrent aussi la présence de stupéfiants et d'alcool dans le sang. Sans doute avait-elle du mal à se tenir debout. Rien d'étonnant en tout cas que Véronique Quinet n'ait pu l'éviter. Ce qui n'excluait en rien toutefois qu'elle aurait dû rester maîtresse de son véhicule.

À la décharge de la prévenue, des traces de freinage avaient été relevées sur la chaussée, et les empreintes de chaussures sur le bas-côté corroboraient ses déclarations quand elle affirmait être descendue de son véhicule et revenue sur le lieu de l'impact. Circonstances atténuantes, il faisait nuit noire, il y avait un brouillard à couper au couteau. Il était possible en effet qu'elle n'ait pas vu le corps, retrouvé dans un fossé empli d'eau stagnante. Aucun témoin. La mère de la victime ne savait pas d'où venait sa fille ni où elle se rendait, en un mot ce qu'elle fabriquait à pied, seule, sur une route de campagne à cette heure de la nuit. Le seul délit majeur à l'encontre de Véronique

Quinet, c'était de s'être enfuie et de ne pas avoir prévenu la gendarmerie.

Les jours qui suivirent l'accident, Véronique eut du mal à refaire surface. Puis au bout de quinze jours, elle s'estima en mesure de reprendre une activité régulière. Elle s'en ouvrit à Alban. Il mit un certain temps à répondre.

— Tu ne penses pas que c'est une bonne solution ? s'inquiéta-t-elle.

— Si, sans doute. Tu veux que j'en parle au patron ?

— Ce serait chic de ta part.

— Je vais lui en toucher deux mots à l'occasion.

Il soupira.

— Un problème ?

— Que tu le veuilles ou non, tu es dans une drôle de situation. Si tu n'es pas directement accusée du décès de cette pauvre fille, tu es quand même responsable de sa mort.

— Je serai jugée. Il n'est pas dans mes intentions de fuir mes responsabilités.

— La clientèle, les femmes enceintes, tu sais ce que c'est. Elles ont besoin de se sentir en confiance.

— Elles n'ont pas à savoir que j'ai eu un accident.

— Tout le monde est au courant, tu penses bien. De tes penchants aussi. Enfin… Je vais voir ce que je peux faire…

Quelques jours plus tard, Alban lui annonça être intervenu en sa faveur. Le directeur de l'hôpital s'était montré intransigeant : elle était virée pour faute professionnelle grave, autrement dit sans préavis ni indemnité de licenciement. Comme nombre de ses collaborateurs, il était au courant de l'intempérance de sa sage-femme depuis la mort de sa fille et sans doute guettait-il la première occasion pour se passer de ses services. C'est ce qu'Alban expliqua à son épouse en la consolant : côté finances, elle n'avait pas à s'inquiéter, son salaire suffisait à les faire vivre largement. Une fois remise, quand toute cette histoire ne serait plus qu'un mauvais cauchemar, elle trouverait sans problème du travail dans une clinique privée.

Véronique vivait une attente de plus en plus difficile à mesure qu'approchait l'échéance du procès. Elle était désœuvrée, plus de goût à rien, la descente aux enfers. Elle ne dormait plus. Alban s'arrangeait pour rentrer le plus tard possible. L'ambiance était plombée, lourde de non-dits et de regards fuyants. Véronique demandait des nouvelles de la maternité. « Ça va… » esquivait-il.

— Tout se passe bien ? Qu'est-ce qu'ils racontent derrière mon dos ?

Il lâchait un soupir éloquent.

— Ne te tracasse pas avec ça. Personne n'est indispensable, tu le sais bien.

Ou une autre vacherie du même acabit, mine de rien.

— Tu ne t'ennuies pas trop ? essayait-il de se rattraper.

Si, bien sûr. S'ennuyer n'était d'ailleurs pas le mot juste. Elle ressassait son infortune en permanence. Bien que s'efforçant de ne pas sombrer, son seul véritable réconfort restait l'alcool. Alban feignait de ne pas remarquer son état, ses yeux hagards, ses mains qui tremblaient, l'incohérence de ses propos, sa voix qui bafouillait pour trouver les mots les plus ordinaires. Privée de moyen de locomotion, elle ne s'occupait plus des courses. Lui, s'en chargeait. Au lieu de la tempérer, il poussait le vice jusqu'à l'approvisionner en boisson. À jeun, elle se demandait à quel jeu il se livrait. Compassion ? Pitié ? Prise de conscience d'un dérivatif devenu indispensable ? Elle le soupçonna d'orchestrer sciemment sa destruction, mais elle était trop dépendante pour s'en offusquer.

L'instruction dura le temps des investigations menées par la brigade de Montreuil, qui s'était vu confier l'enquête. La première version avancée par Véronique Quinet ne fut pas écartée, même si personne n'y avait jamais vraiment prêté crédit. Les gendarmes effectuèrent le tour du voisinage afin de vérifier si un chien de grande taille n'avait pas été blessé par une voiture le soir de l'accident. Les paysans se souciaient de leur bétail, mais guère de leurs chiens, dont certains vagabondaient à leur gré quand ils n'étaient pas à la chaîne afin de surveiller la cour de la ferme. Personne ne signala un clébard rentré éclopé cette nuit-là. Ce volet du dossier fut clos aussi vite qu'entrouvert.

L'enquête fut bouclée, le procès fixé huit mois après l'accident. L'affaire ne nécessita pas la présence de trois magistrats, elle fut traitée à « juge unique ». Ne présentant aucun motif de huis-clos, elle fut publique. Véronique y assista alors qu'elle aurait pu se contenter de se faire représenter par son avocat. Alban s'était installé au fond de la salle. En revanche, aucun collègue de l'hôpital n'avait effectué le déplacement. Véronique en éprouva un sentiment ambigu. Le soulagement d'abord de ne pas devoir affronter leurs regards, mais aussi la déception d'avoir été aussi vite radiée de leurs souvenirs. De toute façon, depuis l'accident, personne de la maternité n'avait pris de ses nouvelles.

La mère de la victime se tenait dans le prétoire, au premier rang. Son regard scruta avec une attention soutenue celle qui avait tué sa fille, afin de vérifier sans doute à quoi elle ressemblait.

Il revint au procureur de la République d'énoncer l'acte d'accusation – il le fit sans une conviction acharnée. Bricourt n'eut pas non plus à déployer des prouesses d'éloquence pour atténuer la responsabilité de sa cliente. Il se garda de noircir la personnalité de la victime, se contentant d'énoncer que l'enquête avait dévoilé des pans pour le moins douteux, des zones d'ombre, une adolescence difficile. Chanteuse dans un groupe de hard-métal, elle menait une existence dissolue. Bref, il devint très vite évident que Mathilde Bergeret portait une part de responsabilité dans l'accident qui lui avait coûté la vie.

Véronique ne fut pas blanchie pour autant. Vu le délit de fuite qui lui collait aux basques, le juge la condamna à six mois de prison avec sursis et à une suspension de permis de conduire de deux ans, avec obligation de le repasser au bout de ce délai. Le plus ennuyeux, c'est qu'elle avait perdu son boulot dans l'histoire.

X

La tante Mélanie. Une femme remarquable. Remarquable tout d'abord pour ses qualités humaines, ensuite d'être un personnage hors-norme qui ne passait pas inaperçue. Son souci n'était pourtant pas de se mettre en lumière, puisqu'elle vivait retirée du monde. Le dernier membre de la famille de Véronique, la sœur de sa mère.

Mélanie Vendôme habitait dans le Périgord, à quelques kilomètres de Bergerac. Elle faisait partie de ces espèces totalement dépendantes de leur milieu naturel et incapables de s'adapter à un autre environnement. « *Mon* Périgord », disait-elle, dont elle défendait l'image avec une véhémence flamboyante dès qu'un détracteur en égratignait la réputation. Elle y était née, elle ne le quitterait qu'à sa mort. Elle avait déjà transmis à ses proches une lettre exigeant que sa dépouille soit incinérée et ses cendres dispersées sur la truffière léguée par ses grands-parents paternels. Sa fierté avec ses chèvres, du lait desquelles elle fabriquait de délicieux fromages, son autre source de revenus. Elle ne roulait pas sur l'or, n'espérant de l'argent que de quoi subsister dans la dignité.

Sa sœur aînée – la mère de Véronique – était secrétaire-comptable. Geneviève s'était mariée avec son patron, un ébéniste de la région de Sarlat, l'entreprise faisait faillite quelques années plus tard. Affairiste dans l'âme, celui-ci avait rebondi en s'associant avec un confrère de la région d'Angers. Geneviève fut du voyage et intégra la nouvelle structure.

Les Libour n'avaient eu qu'une fille. Véronique désirait s'orienter vers la médecine, mais elle dut se résigner à rester sage-femme. C'est au cours de ses études au CHU d'Angers qu'elle avait rencontré Alban. Lui, jouissait d'une aura certaine auprès des étudiantes, grâce davantage à son futur statut de gynécologue que pour son physique, plutôt banal.

Luc et Geneviève Libour n'avaient pu être du mariage de leur fille. Quelques semaines après les fiançailles, ils disparaissaient dans un terrible accident de voiture. Les témoins firent état qu'ils n'étaient que blessés, et encore conscients, mais leur véhicule s'était embrasé, pas d'extincteur à portée de main. À l'arrivée des pompiers, il était trop tard pour les en désincarcérer. La tante se déplaça pour les funérailles. Arrivée la veille, elle réintégra son Périgord dès le lendemain. Avant de quitter sa nièce sur le quai de la gare, elle la serra longuement entre ses bras noueux.

— Tu viens quand tu veux. Mon *pays* t'attend.

Alban proposa de reporter le mariage. Désireuse de recommencer au plus vite une nouvelle vie, Véronique refusa. Cette fois, la tante Mélanie n'effectua pas le déplacement. Ce n'était pas le genre d'homme pour qui elle éprouvait de la sympathie.

Véronique avait toujours voué une tendresse particulière à cette femme dont la voix chaude et rassurante donnait une ampleur musicale à chaque mot. Une affection plus sensible que pour sa mère de son vivant.

Un tel tempérament ne pouvait s'accommoder d'un homme au quotidien, et si elle s'était quand même résolue à dénicher un heureux élu, le pauvre n'aurait pu s'accommoder d'un caractère aussi trempé, à moins d'être une chiffe molle, et donc sans intérêt. Cette frilosité instinctive l'avait inclinée un certain temps vers des partenaires féminines. Des étreintes à la sauvette quand elle manquait de tendresse, rien de plus.

Gamine, Véronique venait avec sa mère chez la tante, tandis que le père restait dans son atelier. Dès qu'elle fut en âge de monter dans le train et de ne pas se tromper de gare pour en descendre, elle prit l'habitude de se déplacer seule. Libérée de la présence de la mère, elle vécut alors de vraies vacances avec la tante, empreintes d'une complicité sans faille. Mélanie communiquait à l'adolescente son amour de la vie simple, au grand air. Au pied de la truffière paressait une modeste rivière, qui s'élargissait en une clairière d'eau contrainte par un barrage naturel, avant de s'en échapper en une cascade tumultueuse. Une piscine idéale, presque pour elle seule, car l'habitat était plutôt clairsemé en cette campagne aride à flanc de calcaire. Quelques mas jetaient çà et là les taches chaudes de leurs tuiles rougeâtres entre les bosquets faméliques d'une garrigue asséchée les mois d'été et ravinée par les pluies torrentielles en toute saison. Les routes empierrées se réduisaient très vite en chemins tortueux à peine carrossables. Qu'à cela ne tienne, Mélanie n'avait ni permis de conduire, ni voiture, mais un vélomoteur dont c'était un miracle qu'il roule encore, mais en parfait accord avec le personnage.

Dans un décor aussi paradisiaque, Véronique avait pris l'habitude de se baigner nue, une sensation étrange qui la faisait frissonner, pas seulement à cause de la fraîcheur de l'eau. Il lui arrivait de se savoir épiée par les galopins des alentours. Pour autant, elle ne cherchait pas à se dérober. Elle traînaillait pour se sécher, et si le soleil était généreux, elle s'allongeait sur la grande serviette prêtée par la tante. Elle fermait les yeux. Les mains sous sa tête, ses muscles se détendaient, ses jambes s'entrouvraient en une offrande virginale aux jeunes mâles embusqués dans les buissons qui surplombaient la rivière.

C'est dans cette région sauvage que Véronique connut son premier flirt. Pas avec un garçon du coin toutefois, mais un jeune Anglais, dont les parents fortunés avaient fait d'un jas désaffecté leur résidence secondaire. Un adolescent dont le snobisme précoce amusait la jeune sauvageonne. Histoire de se moquer de lui, elle affectait une préciosité aussi maniérée. La bouche arrondie afin de proférer une banalité sur le temps, elle se peignait l'une ou l'autre des tempes de ses doigts en éventail, l'auriculaire dressé et les paupières mi-closes, en lâchant par intermittence un soupir langoureux du plus bel effet. Le petit lord ampoulé la trouvait fort à son goût, elle était jolie, et bien que puceau, il se promettait de la trousser si l'occasion se présentait. Elle le convia dans *sa* piscine. Quand il la vit se dévêtir intégralement avant de se jeter à l'eau, il eut un haut-le-corps, la trouvant soudain bien délurée après l'éducation policée qu'elle lui avait interprétée.

— Viens, Jimmy, qu'est-ce que tu attends ? Mets-toi à l'aise.

— C'est que… C'est que… je n'ai pas de maillot.

— Moi non plus. Et alors ?

L'absence de tenue de bain n'était pas la seule raison de la pudeur du jeune Anglais. C'étaient les premières fesses et nénés qu'il lui était donné de contempler. Le charmant tableau lui brouilla la vue et les sens. Il lui aurait fallu être eunuque pour dissimuler son trouble. Conscient de son ridicule, il patienta un bon quart d'heure, espérant que la belle naïade se décide à émerger de l'onde et lui présente le côté face de son anatomie.

— Alors, tu viens, oui ou non ?

Il se leva. Hésita, défit même les premiers boutons de sa chemisette. Puis soudain, il fit volte-face et détala comme un voleur.

Elle-même troublée, Véronique en fut dépitée. S'il s'était montré moins sot, peut-être aurait-elle exploré en sa compagnie les prémices du plaisir physique, ou du moins l'aurait-elle guidé en lisière de ce monde qui la faisait rêver, et l'effrayait de si délicieuse façon.

Ce ne fut que partie remise. L'été suivant, elle sacrifia sa virginité avec un jeune paysan plus âgé qu'elle. Celui-ci ne s'embarrassa ni de courtoisie ni de préliminaires. Une initiation douloureuse, rapide et décevante, dont elle sortit avilie.

— Bon. On se revoit quand ?

Il se reculottait, les yeux fixés sur le ventre sanguinolent de sa conquête. Elle n'avait pas répondu.

— Tu fais la gueule ? T'as pas aimé ?

Alors elle avait eu honte de son impudeur. L'avait joué de façon ironique afin de sauver la face.

— Dans cinq ans.

Le jeune godelureau avait cessé de se reboutonner.

— Quoi ? Dans cinq ans ?

— Oui, je pars demain et je ne reviens que dans cinq ans. Je ne te l'avais pas dit ?

L'été suivant, Véronique s'amouracha d'une native à la peau hâlée, sans savoir que cela avait été l'inclination sentimentale de sa tante. Rassurée quant aux risques encourus par sa nièce dans les bras d'un garçon, Mélanie ne fit rien pour la dissuader. Ce n'étaient que tendresses excessives d'adolescentes, s'égarant parfois dans des caresses imprévues, sans pour autant déterminer des vocations définitives.

XI

Dès qu'elle posa le pied sur le quai de la gare de Bergerac, Véronique se précipita vers sa tante et se jeta dans ses bras. Elle éclata en lourds sanglots qui la firent hoqueter et se convulser de la tête aux pieds.

— Là, ma belle… Prends le temps de respirer.

Mélanie ne lui demanda pas la raison d'une visite aussi impromptue. Un coup de fil la veille :

— J'arrive demain. J'ai besoin de te voir.

Pas un début d'explication. Un drame de toute évidence au son de sa voix. Véronique s'en épancherait au moment opportun.

Le vélomoteur. Une partie de plaisir quand elle était ado. Véro s'installait sur le porte-bagages, ceinturait la taille de sa tante, la taquinait au sujet des bourrelets qui faisaient office de confortables coussins. Les cheveux au vent, toutes deux riaient aux éclats. Les gens se retournaient sur leur passage. S'esclaffaient, croyant à deux folles en goguette vu l'âge de celle qui tenait le guidon.

Mais Véronique n'était plus une enfant, Mélanie était une vieille femme désormais…

— Tu prends un taxi, si tu préfères.

— Non, non, ça ira très bien. Ça me rappellera le bon vieux temps, soupira Véronique.

Le poids de la nièce n'était plus le même. Serrée entre les deux corps enlacés, la valise était plus lourde, l'engin faillit rendre l'âme dans le dernier raidillon.

Mélanie Vendôme possédait un chien. Un brave bâtard dont la première qualité était de dénicher les truffes. Il accourut en jappant au-devant du singulier équipage.

— Fais attention de... cria Véronique, assaillie par l'odieux souvenir.

— T'inquiète pas. Nestor est habitué. Il n'est pas assez bête pour se jeter en travers de ma roue.

Véronique n'était pas revenue ici depuis la mort de sa fille. Rien n'avait changé, le mas en pierres sèches, le muret ceignant la cour paraissait toujours sur le point de s'effondrer, les volutes de fer ornant la margelle du puits résistaient à la rouille. Mélanie se tenait droite en pleine lumière. Sur elle aussi, les ans avaient renoncé, sa peau parcheminée, toujours coiffée à la hâte, un peigne nacré sur chaque tempe, dont s'échappaient de folles mèches, à peine un peu plus blanches que blondes. Et la clarté azuréenne de son regard, qui se nuançait en fonction de son humeur. De flammes quand elle était joyeuse, sombre comme les nuages au-dessus de sa colline quand elle se mettait en colère. Elle avait fait l'acquisition d'une carabine, un marché clandestin – pas question de dilapider des sous dans un permis de chasse, dont d'ailleurs, elle n'aurait pas eu l'usage. Ses seules cibles n'avaient jamais été que des bouteilles vides, histoire de dérouiller son arme et de garder la main, au cas où se présenterait quelque rôdeur...

Véronique posa sa valise sur le sol. Immobile, la tante laissait à sa nièce le temps de rassembler ses souvenirs. Un silence éloquent. Rien n'avait donc changé depuis deux ans, sinon qu'il manquait une silhouette, des rires et des cris. Des pleurs aussi, quand Mathilde demandait à être consolée. Jamais pour la mère ne s'était manifestée avec autant de force la présence invisible de l'enfant disparue. Puis le fantôme devint évanescent. Véronique reprit pied dans la réalité. Mélanie lissa le devant de sa robe.

— Tu dois avoir faim ?

Véronique hocha la tête.

— Tu devines ce que je t'ai préparé.

Une garbure, chaude et généreuse, de quoi empêcher l'âme de vaciller et interdire aux pensées de divaguer. Des haricots, des légumes, du confit de canard, des saucisses et du jambon de pays.

— Ça a mijoté toute la matinée. Il n'y a plus qu'à réchauffer, le temps de boire un verre.

Véronique n'avait pas prononcé un mot depuis son arrivée au mas, comme si des paroles précipitées étaient de nature à gâcher la paix qui s'installait en elle.

— Un petit vin blanc. Tu te souviens quand on se fleurissait le museau comme deux poivrotes ?

Comment oublier ces griseries crépusculaires ? Dans le soleil rasant, lucioles et moustiques piquetaient le halo de la lampe posée au milieu de la table extérieure, assez grande pour une douzaine de convives, mais qui n'avaient jamais été invités.

— Assieds-toi. Je vais chercher de quoi.

La chaise de bois gémit. 18 heures, le ciel s'assombrissait déjà. La tante apporta un plateau apéritif, des amuse-gueules, des biscuits salés, des olives, une écharpe de laine sous son bras.

— Mets ça sur tes épaules. Il va faire frisquet. Il est même possible qu'on connaisse les premières gelées cette nuit.

Véronique tournait dans sa tête l'explication que la tante ne lui réclamerait pas.

— J'ai fait une connerie.

— Ah ! Pas trop grave quand même ?

— Un peu, si. J'ai renversé une jeune femme en rentrant du boulot.

— Tu étais en tort ?

— On est toujours en tort quand on ôte la vie à quelqu'un.

Véronique raconta l'accident, sans minimiser sa responsabilité.

— Le brouillard, j'ai cru que c'était un chien.

— C'est ennuyeux en effet. Il était quelle heure ?

— Neuf heures neuf heures et demie.

— Elle est morte sur le coup ?

— Je suppose.

— Tu supposes… Je ne comprends pas…

— Je suis descendue pour voir. Il faisait nuit, et puis le brouillard, je te dis. Je n'ai pas retrouvé son corps. Il devait être dans le fossé. Ce sont des gamins qui ont prévenu les flics le lendemain matin. Enfin leurs parents.

S'installa un long silence. Mélanie leva son verre en direction de sa nièce. Véronique hésita, mais boire avec la tante, ce n'était pas picoler.

— Si c'était un accident, tu n'as pas à culpabiliser outre mesure. Tu roulais vite ?

— Pas au-dessus de la vitesse autorisée.

— Tu n'avais pas bu ?

Véronique mit quelques secondes à répondre. Une gêne qui n'échappa pas à la tante – de toute façon, elle avait remarqué sur son visage les stigmates de l'alcoolisme chronique.

— Un verre ou deux avec les collègues. Rien de méchant.

— Qu'est-ce que ça a donné avec la justice ?

Véronique résuma les interrogatoires, sa garde à vue, sa mise en examen, le procès.

— Tu n'as pas été condamnée, j'espère ?

— Bien sûr que si. Ta nièce est une criminelle, essaya-t-elle de plaisanter. Six mois avec sursis. Et en prime, j'ai perdu mon travail.

Véronique avait vidé son sac, ça allait mieux. Elle finit son verre de vin blanc. La fraîcheur du breuvage autant que celle du serein la firent frissonner. La main osseuse de la tante se posa sur son poignet.

— Tu as froid ?

— Un peu.

— On va rentrer dîner. J'ai rallumé sous mon frichti. Ce doit être assez chaud.

XII

Véronique venait en Périgord toujours accompagnée de sa fille. Jamais elle n'oublierait l'été de la naissance, l'émerveillement silencieux de la tante quand elle lui posa Mathilde entre les bras. Les larmes aux yeux, elle contempla la petiote, tournant le dos à la mère, de crainte sans doute que celle-ci ne la lui retire déjà.

À l'époque, la « truffière » – comme la dénommait Alban avec une ironie fielleuse – n'était plus en âge d'enfanter, un désir qui ne l'avait en vérité effleurée qu'au sortir de l'adolescence. En une seconde, la Périgourdine se découvrit des fibres maternelles d'une vivacité insoupçonnée. Par la suite, Mélanie développa la tendresse d'une grand-mère. Rien de plus logique, elle avait toujours considéré sa nièce comme sa fille, une relation réciproque.

Mélanie décréta d'emblée que Mathilde était le portrait craché de sa mère, le nez, le front, le menton, l'amorce des fossettes – qu'elle était bien la seule à voir, et puis les yeux – alors, là, les yeux ! –, pourtant encore loin de leur couleur définitive. La fillette aurait-elle été la copie parfaite du père, elle n'en aurait pas démordu : elle n'aimait pas le gynéco. À ses yeux l'accouchement, c'était une affaire entre femmes. Alors qu'elle ne l'avait vu qu'aux obsèques de ses futurs beaux-parents, elle abhorrait encore plus l'homme, sans raison particulière non plus, se fiant à son instinct, comme lors de toutes ses décisions importantes. Des choix toujours judicieux à l'entendre, car elle était susceptible de mauvaise foi pour ne pas admettre même ses erreurs les plus flagrantes.

Désormais, Mélanie Vendôme vécut au rythme de ces vacances annuelles où elle s'adonnait à la joie de pouponner. De longs mois noirs pour une éclaircie trop brève. Tante et nièce se téléphonaient, mais à distance les mots étaient encore plus gauches sans le soutien du regard. Juste pour s'assurer qu'elles existaient encore, que la petite allait bien. Jamais rien au sujet du mari.

Le plus dur pour la tante, c'étaient les changements inéluctables de la fillette d'une année à l'autre, la frustration de ne pas la voir grandir. Les longs mois de séparation, elle lui cousait et lui tricotait des tenues incroyables qu'elle lui expédiait par la poste. Des couleurs fantasques bien entendu, que la destinataire ne portait qu'une fois, le temps d'une photo que la mère adressait à Mélanie. De toute façon, elles n'étaient jamais à la bonne taille. Trop petites, l'enfant avait fait une poussée de croissance imprévisible, trop grandes, il s'agissait de s'inquiéter : Mathilde aurait dû prendre de la taille et du poids, à coup sûr elle couvait quelque maladie, héritée cela va sans dire de la branche paternelle. Véronique riait aux éclats, Mélanie affectait un air courroucé, une ombre de nuages toujours passagère.

— Pourquoi tu ne viens pas habiter à Angers, aussi ? Comme cela tu pourrais t'occuper d'elle aussi souvent que tu le désirerais.

— Et puis quoi encore ? Tu ne crois pas que ce serait plutôt à toi de t'installer ici ? Regarde-toi, tu es toute pâlotte. Cela n'a rien d'étonnant. Chez vous, là-haut, il n'y a jamais de soleil, de la brume, de la brume, de la brume… Et quand ce n'est pas de la brume, c'est du brouillard. Ici, au moins, tu prendrais un peu de couleurs.

— Mais j'ai mon métier. J'ai besoin de travailler. J'ai *envie* de travailler.

— Les jeunes gens d'ici sont pas plus cons que ceux d'Angers. Ils ont appris à mettre le Jésus dans la crèche et à fabriquer des gosses. Crois-moi, tu aurais du boulot.

— Mon mari… Tu as pensé à Alban ?

Elle mettait toujours un temps avant de répondre, mais sa mine dégoûtée en disait long sur les mots qu'elle préparait.

— Tu n'es pas attachée à lui par une chaîne comme une esclave que je sache. Si tu veux mon avis, le mariage, c'est une belle foutaise. Une prison inventée par les hommes pour s'assujettir une misérable et faire d'elle leur servante et leur putain.

— Tu exagères…

— À peine. Prouve-moi le contraire.

Des algarades bon enfant, avec au fond des quinquets des lueurs de tendresse qui démentaient la verdeur du propos. Qui se terminait devant un apéritif, puisque des discussions existentielles aussi fondamentales ne pouvaient se tenir qu'au crépuscule.

Dès que Mathilde fut en âge, toutes trois prirent l'habitude de longues balades dans le décor sauvage qui avoisinait le mas. Le chien les accompagnait, bien qu'il n'ait pas le droit de s'approcher de la petite, comme les chèvres, qui ne quittaient pas l'enclos toute la durée du séjour. Les chemins étaient escarpés, les descentes hasardeuses à cause des pierres sèches qui se dérobaient sous les pieds, les ornières sournoises à souhait. D'autorité, Mélanie accaparait la main de sa petite-nièce, n'estimant plus sa mère en mesure de la protéger depuis la fois où la gamine – 5 ans cette année-là – avait échappé à sa mère et disparu parmi les halliers épineux.

Moment de panique.

— Mathilde ! Reviens ! Réponds-nous ! s'égosillait la tante.

Elle courait en récriminant à l'encontre de la mère.

— Je t'avais dit, aussi, de faire attention, tu n'es pas d'ici, tu ne connais pas les dangers. À tous les coups elle sera tombée dans un précipice. C'est pas ça qui manque dans le coin.

La petiote n'avait roulé que dans une misérable fondrière. Elle en fut quitte pour une égratignure au genou droit. La tante la soigna cependant comme si elle devait en rester estropiée.

— Ces cochonneries-là, ça s'infecte plus vite qu'on pense.

Bien sûr, ce fut dans la clairière d'eau où sa mère avait joué les naïades adolescentes que Mathilde apprit à nager l'année de ses 10 ans. Là encore, elle eut droit à une surveillance renforcée.

— L'eau n'est pas trop froide ? Ne va pas trop loin. Tu as encore pied ?

Et des recommandations à la mère assignée en maillot de bain à proximité immédiate de l'enfant.

Relater plus longuement les angoisses affectueuses de Mélanie Vendôme n'éclairerait pas davantage le drame que fut le décès.

Un silence terrible au téléphone, puis le gémissement sourd d'une bête blessée. Dans les hoquets de Véronique, la tante n'avait retenu que deux mots : « Mathilde », « morte ». Deux mots qu'elle se refusait d'associer. Elle avait raccroché à tâtons, perdu connaissance sur les tomettes fendillées de la cuisine, comme se serait désagrégée, sous les coups de boutoir de l'ouragan, une vigie désormais inutile. 64 ans… Gaillarde jusque-là, en quelques semaines ses cheveux virèrent au gris et s'accentuèrent ses minuscules rides au coin des yeux et aux commissures des lèvres. Véronique l'avait rappelée le lendemain. Lui avait expliqué sans mentir les circonstances présumées de l'accident.

— Tu devais aller la chercher ?

— Mon téléphone, la batterie était à plat. Je me suis assoupie.

— Tu devais aller la chercher…

La question était devenue une accusation d'autant plus terrible d'être proférée à voix basse, sur un ton n'autorisant aucune réplique. Plongeant Véronique un peu plus profond dans l'abîme.

La tante n'avait pas trouvé la force de se déplacer aux obsèques, elle aurait eu trop de peine, trop de reproches aussi à formuler. Plusieurs mois de silence, sinon quelques échanges téléphoniques, froids et douloureux. Puis un jour, des paroles lâchées à contrecœur :

— Tu peux *quand même* revenir me voir.

Chien ou jeune femme, l'accident avait au moins permis d'enclencher les retrouvailles. Véronique ne croyait pas au destin. Et pourtant, un tel réseau de coïncidences ébranlait sa propension rationnelle. Le même endroit à un an d'intervalle, des analogies redoutables, le même prénom pour les victimes… Seule Mélanie était en mesure de la comprendre.

Véronique ne raconta le décès de Mathilde qu'au bout de quelques jours. Le moment était venu de faire son deuil. Les mots jaillirent de sa gorge comme l'eau d'une source obstruée par la roche depuis une éternité. Elle ne minimisa en rien la légèreté dont elle avait fait preuve en l'occurrence. Quémanda dans les yeux de sa tante le pardon refusé par ceux de son époux.

— Tu n'as pas eu de chance, fit Mélanie, le regard rivé sur ses doigts crochus d'arthrose.

Elle se rattrapa.

— Enfin… Je devrais dire *Mathilde* n'a pas eu de chance. Ton mec, qu'est-ce qu'il a dit ?

N'étant pas sûre d'avoir bien entendu, Véronique sursauta.

— Il m'en a voulu terriblement. Il ne m'a jamais pardonné mon inconséquence. C'était normal. Tout cela était de ma faute. Je me demande même pourquoi il est resté avec moi.

— Par orgueil.

Véronique lui adressa un regard interrogatif.

— Les hommes haut placés sont tous comme ça. S'il t'avait laissée tomber, ses relations lui auraient reproché de t'abandonner en pleine tourmente. Sa réputation en aurait été égratignée. Ça aurait fait tache sur la carte de visite d'un toubib.

Véronique était impressionnée par une telle lucidité. Oui, ce devait être pour cette raison que leur couple n'avait pas explosé.

— À plusieurs reprises m'est passée par la tête l'idée de me suicider. Alban le savait. Au début, je me suis demandé s'il ne le souhaitait pas. Puis il a cessé de m'en tenir rigueur, ou il le montrait moins. Toi aussi, tu m'en as voulu…

— Si je t'avais tenue face à moi, je crois que je t'aurais étripée. Ce n'était pas normal pour une mère de ne pas avoir vérifié son portable. C'était inconcevable de ne pas avoir frappé chez les parents de sa copine afin de demander où était ta fille.

— Cela n'aurait servi à rien. Mathilde avait déjà eu son accident.

— Elle n'était peut-être que blessée. Il était peut-être encore possible de la sauver.

Véronique réprima un sanglot.

— Non. L'autopsie a confirmé qu'elle avait été tuée sur le coup.

Elles restèrent silencieuses un long moment.

— On n'a jamais retrouvé le salaud qui a fauché Mathilde ?

— La police a enquêté.

— La police... soupira Mélanie avec une moue éloquente.

— Sincèrement, je pense que les flics ont fait de leur mieux. Le tour des garages, ils ont cherché des témoins. Mais il faisait nuit. À cette heure-là, les routes étaient désertes.

— Sauf le salaud qui après avoir percuté Mathilde a filé sans demander son reste. Si tu veux mon avis, il devait être bourré.

— C'est l'hypothèse à laquelle a abouti l'enquête.

Véronique secoua la tête.

— À l'époque, si j'avais pu identifier le chauffard qui avait tué ma fille, sûr que je lui aurais fait la peau, quitte à finir ma vie en tôle. Maintenant que je me trouve dans la même situation, je ne sais plus.

Elle éprouva le besoin de s'excuser :

— Que j'aie bu ou pas, c'était pareil avec le brouillard. La malheureuse s'est jetée sous mes roues, je n'ai pas eu le temps de voir, je n'ai rien pu faire. C'est pour cela que j'ai cru que c'était un chien.

Le regard de Mélanie lui fit baisser les yeux.

Véronique vécut une semaine d'accalmie. Puis, un sentiment de lâcheté s'insinua en elle. Elle avait tué une jeune fille, elle s'était enfuie ce soir-là, puis maintenant, en trouvant refuge dans le Périgord. À Angers, la nouvelle avait dû faire le tour des boutiques à l'issue du procès. La justice s'était prononcée, elle avait été punie, mais la dette morale n'était pas réglée pour autant. Elle se souvenait de la pauvre mère sur son banc dans le prétoire. Du regard terrible qu'elle lui avait décoché. Vis-à-vis de cette femme, il lui revenait d'assumer ses responsabilités.

— Je vais rentrer.

— Tu n'es pas bien ici ?

— Si, bien sûr.

— Ton boulot ?

— Non, pour l'instant je n'ai plus de boulot. Mais tu ne peux pas imaginer combien j'ai souffert de ne rien savoir à propos de celui qui avait shooté Mathilde. Je veux m'expliquer auprès de sa mère. Elle seule a le droit de me pardonner.

Mélanie posa les mains sur ses épaules.

— Tu ne pourras plus rien y changer. Tu as pourtant raison, c'est ce qu'il faut faire. Ce sera une épreuve difficile, mais si tu ne t'y colles pas, jamais tu n'auras la conscience tranquille.

XIII

Le taxi déposa Véronique Quinet devant le portail des Grandes Reussières. Au fil du retour, la confiance emmagasinée au cours de l'accalmie périgourdine s'était effritée. Sa sensibilité de nouveau à vif, le domicile lui parut aussitôt d'une hostilité redoutable.

Il n'était encore que 17 heures. Alban ne serait pas là avant la nuit. Il ne s'était pas soucié d'elle durant ces quelques jours, elle s'était bien gardée de lui communiquer de ses nouvelles. La Clio se trouvait toujours dans la cour de l'entrée, elle lui faisait horreur, avec son œil borgne. Elle retrouva les clefs de la longère dans son sac à main. À première vue, la grande pièce tout en longueur était d'une propreté exemplaire. Lui passa par l'esprit que son époux avait fait le ménage afin de l'aider à remonter la pente, ou embauché quelqu'un. Sur la table basse carrée traînait en permanence un cendrier empli de mégots à bouts dorés. Il était vide et dans la pièce ne flottaient pas les relents de tabac blond habituels. Peut-être avait-il déserté le logis conjugal. Une hypothèse agréable ou déplaisante ? Malgré tout, Alban était le gage d'une sécurité dont elle avait plus que jamais besoin.

Sur la crédence appuyée contre le mur trônait une bouteille de whisky quasiment pleine. Un verre épais à facettes était posé à côté. Propre, il paraissait placé là à son intention. Un piège pour la tenter ? Non, puisqu'il ne pouvait savoir qu'elle allait rentrer ce jour-là. Pendant ses « vacances », sa propension éthylique l'avait laissée en paix. Elle avait même fait la fête avec la tante sans arrière-pensée, preuve qu'elle pouvait boire sans sombrer. Le liquide ambré l'attirait. Juste un fond afin de se donner un peu de courage. Le bouchon couina. Au moment où les premières gouttes allaient franchir le goulot, elle se ravisa, reboucha la bouteille. Elle se sentit aussitôt soulagée d'avoir eu la volonté de résister.

Véronique passa dans la cuisine. Elle fit coulisser la porte vitrée permettant d'accéder à la terrasse et au jardin. Bientôt neuf mois s'étaient écoulés depuis ce terrible soir de novembre. Apparemment, il avait fait chaud pendant son absence. Les haies entourant le parc paysagé avaient pris une teinte jaunâtre, ainsi que la pelouse, sillonnée par la tondeuse automatique à longueur de journée.

Dans cette moiteur, Véronique avait l'impression d'exhaler des pestilences insupportables au moindre mouvement. Elle monta à l'étage, se fit couler un bon bain bien chaud. Elle éprouvait l'impression de se préparer au combat. L'adversaire n'avait pourtant rien de bien effrayant. Qu'avait-elle à reprocher en fait à son mari ? De tempérament flegmatique, il la battait froid, mais elle-même ne faisait plus beaucoup d'effort de séduction. Il la rabrouait souvent, mais n'était-ce pas le lot de tous les couples ? De toute façon, il était légitime de lui en vouloir après le décès de leur fille, il aurait même été en droit d'exiger le divorce. Et pourtant, il était resté avec elle. Il devait l'aimer encore, à sa façon, essaya-t-elle de se persuader.

Peu à peu, Véronique parvenait à dissiper son angoisse. Elle se leva, se sécha. Elle se mira dans la glace, sa peau avait bruni pendant son séjour dans le Sud, sa couperose se voyait moins. 18 heures. Alban n'allait plus tarder, il ne savait pas qu'elle était rentrée, elle eut envie de lui faire plaisir. Elle prit le temps de se maquiller, se coiffa en queue-de-cheval, dégageant ainsi ses oreilles délicatement ourlées, l'un de ses compliments au début de leur liaison. Elle enfila une robe légère, imprimée de fleurs vives qui la rajeunissaient. Elle se sourit, se fit une grimace, fronça les sourcils afin de paraître sévère, femme de toubib. Elle se trouva présentable.

20 heures. La clef cliqueta dans la serrure. Le silence, c'était déjà ouvert. Alban attendit avant de pousser la porte, craignant un cambrioleur. Le dossier du fauteuil masquait la silhouette de Véronique. Il restait dans le vestibule, n'osant s'avancer. Elle toussota.

— Ah ! C'est toi…

— Eh oui… Ce n'est *que* moi.

— Tu es arrivée depuis longtemps ?

— En fin d'après-midi. J'ai eu le temps de prendre un bain. Tu veux boire quelque chose ?

— Volontiers. Un petit whisky. Je ne sais pas si tu as vu, mais j'ai acheté une nouvelle bouteille.

— Si, je l'ai vue.

— Tu le trouves comment ?

— Je serais incapable de te le dire. Je ne l'ai pas goûté.

— Tu es malade ?

— Non, mais j'ai décidé de faire attention. Depuis le décès de Mathilde, j'ai eu tendance à me laisser aller.

— Content de te l'entendre dire.

Il avisa le verre qu'elle s'était préparé en l'attendant.

— C'est du jus de fruit ?

— Oui, des oranges pressées.

— Sans rien d'autre dedans ?

— Eh non.

Il lâcha un sifflotement, davantage ironique qu'admiratif. Elle se contenta de sourire.

— Prends un whisky, toi, si tu en as envie. Attends, je vais te chercher la bouteille.

Elle posa le flacon et le verre sur la table basse. Le regard d'Alban en vérifia aussitôt le niveau.

— Félicitations.

— Merci. Pour tout te dire, j'ai décidé de mettre de l'ordre dans mon existence.

— Bon courage…

— Arrête de te moquer, je t'en prie. Ce terrible accident m'a ouvert les yeux. Et l'esprit. J'ai décidé de rencontrer la mère de cette pauvre fille.

Alban suspendit le geste de se servir.

— Tu es sérieuse ?

— Je veux lui expliquer ce qui s'est réellement passé. J'ai trouvé trop dur pour notre pauvre Mathilde de ne pas savoir dans quelles circonstances elle était morte.

— Tu aurais sans doute été plus avancée…

— Ce sont des choses que seule une mère peut comprendre.

— Tu ne crois pas que tu as fait assez souffrir cette malheureuse en lui ravissant sa fille ?

— Je suis persuadée que ça lui fera du bien de me connaître, de m'entendre.

— Elle va t'arracher les yeux, tu veux dire.

— On verra bien. J'ai besoin de savoir ce que faisait cette fille, seule, dans la nuit, sur la route de Feneu. Je suis convaincue qu'elle n'était pas là par hasard, pas pour se promener en tout cas.

— Ma pauvre Véro, tu es en train de perdre la tête. Reprends-toi avant de finir à l'asile.

XIV

Un pavillon luxueux, en retrait de la route, au bout d'une allée qui partageait le jardin en façade entre deux rangées de buis taillé au cordeau. Le muret était rehaussé de panneaux gris anthracite, la couleur à la mode pour les clôtures en alu. De la même teinte était le portail du garage. Le portillon s'ornait en revanche de volutes en fer forgé d'une autre époque, anachroniques. Sans doute avait-il échappé au dernier lifting. Véronique Quinet n'avait eu aucun mal à trouver l'adresse – les Bergeret n'étaient pas légion dans la région angevine, une femme qui vivait seule, Nicole.

Privée de moyen de locomotion, Véronique s'était bien gardée de demander à Alban de la déposer, elle avait emprunté les transports en commun. Elle appuya à nouveau sur le bouton de l'interphone. Un carillon mélodieux au loin, comme une musique d'aéroport. Il n'y avait peut-être personne. Le décor n'était pas en rapport avec l'image de la femme écrasée de chagrin pendant l'audience. Soudain, un grésillement. Véronique sentit son cœur s'accélérer, elle retint son souffle.

— Mme Bergeret. Je vous écoute.

Véronique hésita, mais elle se refusait à user de faux fuyants. Elle déclina son identité.

— Je suis censée vous connaître ?

— Nous nous sommes déjà rencontrées, en effet. Dans des circonstances… disons… particulières.

Un silence dans l'interphone.

— Vous pouvez préciser ?

— C'est moi… Pour votre fille…

— Ma fille, je ne comprends pas. La malheureuse n'est plus…

Puis soudain, un cri étouffé.

— C'est vous qui avez tué ma pauvre Mathilde ?

— Oui, c'est moi qui l'ai renversée ce soir-là.

Un silence encore plus pesant.

— Vous avez l'audace de vous présenter chez moi !

— Je voudrais vous expliquer ce qui…

— Passez votre chemin. Fichez-moi la paix.

— Juste vous expliquer…

— Expliquer quoi ? Tout ça, c'est du passé, maintenant !

Véronique ne bougeait pas. Alban avait raison : bien que charitable, sa démarche n'était pas une très bonne idée. Elle ne se décidait pas à rebrousser chemin pour autant. La demeure se trouvait à une cinquantaine de mètres de la route. La propriétaire devait l'observer à travers la baie vitrée qui occupait la majeure partie de la façade. Un examen auquel elle se prêtait avec un certain stoïcisme, mais le cœur lui battait la chamade. Une bonne minute s'écoula. Elle s'apprêtait à faire demi-tour quand la porte à gauche de la baie coulissante s'entrouvrit. Dans l'obscurité de l'embrasure se dessina une silhouette, elle-même immobile. Un face-à-face à distance d'une intensité redoutable.

S'en aller maintenant, c'était s'avouer vaincue. Véronique déglutit avec peine, la gorge nouée par des doigts sournois, une barre douloureuse en travers de la poitrine. Mme Bergeret allait se raviser, et c'en serait fini. Désemparée, Véronique se permit le culot d'appuyer une troisième fois sur le bouton de l'interphone. La silhouette se profila dans la lumière, descendit les quelques marches de l'entrée et s'avança dans l'allée.

Véronique avait le sentiment de vivre un moment fondamental. Le visage dur, la femme approchait lentement, les yeux braqués sur elle, deux canons de pistolets. Véronique regrettait son audace à présent, mais elle était pétrifiée. Plus que quelques mètres. Le regard noir paraissait celui d'une statue dont les paupières ne cillaient pas. Elle discernait mieux les traits. Vu la noblesse de son port de tête, le maquillage discret, ce n'était pas une malheureuse. Des vêtements simples, mais raffinés, un chemisier de soie marron foncé et un pantalon crème aux plis impeccables, serré à la taille par une fine ceinture de cuir rouge. Le soleil donna sur elle, fit scintiller le pendentif autour du cou, une pierre d'un vert profond, de belle taille. Un éclair fugace, mais Véronique eut le sentiment que ce n'était pas du toc.

Nicole Bergeret scrutait le visage de l'intruse, comme pour traquer le monstre caché derrière le masque de chair.

— Comment osez-vous vous présenter à moi ?

Les mains plaquées sur le haut de ses cuisses afin de les empêcher de trembler, Véronique ne baissa pas les yeux.

— J'ai perdu moi aussi ma fille, dans des circonstances analogues.

La remarque altéra quelques secondes l'impassibilité de la propriétaire. Mais les traits retrouvèrent bien vite leur dureté impénétrable.

— C'est pour me raconter cela que vous vous permettez de me déranger ?

Véronique secoua doucement la tête en signe de dénégation, avec toute l'humilité dont elle était capable.

— Je vous ai vue au procès.

— C'est normal pour une mère, non ?

— Vous avez entendu la version officielle de l'accident.

— Pourquoi ? Il en existe une autre ?

Véronique hésita.

— Non, pas entièrement du moins, mais j'ai besoin de vous raconter comment cela s'est réellement passé.

— À quoi bon… Cela ne ressuscitera pas ma pauvre Mathilde.

Le masque se fendillait. Les yeux embués, elle était sur le point de craquer.

— Laissez-moi vous parler, insista Véronique. J'ai besoin de libérer ma conscience, même si je crois n'avoir rien à me reprocher.

Nicole Bergeret secoua la tête. Ses doigts s'étaient crispés.

— Je ne suis pas prête. La blessure est encore trop fraîche. Jamais elle ne cicatrisera.

— Plus tard ? Je peux revenir vous rendre visite ?

— Partez maintenant. Je vous en supplie, partez.

XV

Alban l'observait. Elle s'efforçait de paraître naturelle. Il en était ainsi depuis son retour du Périgord, comme s'il ne la reconnaissait plus et essayait de percer le mystère. Bien sûr, il doutait de sa tempérance. « Il croit que je fais attention en sa présence, se disait-elle. Que je continue à boire en douce, comme tous les alcooliques chroniques, et il essaie de vérifier sur mon visage. » Un examen redoutable pendant lequel elle intimait à ses mains de ne pas trembler. Ce soir-là, les regards d'Alban étaient encore plus soupçonneux. Comme s'il savait où elle s'était rendue l'après-midi. L'espionnait-il, ou la faisait-il surveiller ?

Véronique s'efforça de chasser ses pensées moroses. Gynécologue réputé, chef de service à la maternité d'Angers, quelle raison Alban Quinet aurait-il de jouer au détective avec son épouse ? Elle avait eu un accident, elle avait été jugée, point barre, affaire classée. Elle s'efforça de lui sourire. Ne parvint à ébaucher qu'un rictus d'une fausseté ridicule. Soucieuse de rester au moins une bonne ménagère, elle s'était occupée du dîner. Elle ne pouvait plus faire de courses. Par chance, le congélateur contenait de quoi tenir un siège.

En elle restait incrustée l'image d'une femme d'une dignité remarquable, sa rencontre de l'après-midi.

— Qu'est-ce que tu as fait aujourd'hui ?

Véronique sursauta. Lisait-il dans ses pensées ?

— Rien de spécial, bredouilla-t-elle. Je n'ai plus de voiture, comme tu le sais.

Il sourit.

— Je suis obligée d'utiliser les transports en commun. Je suis allée me balader à Angers. Si je reste cloîtrée ici, je vais devenir folle.

— Trouve-toi des occupations. Au début qu'on était ensemble, tu adorais lire.

— J'ai essayé. J'ai dû mal à me concentrer, à fixer mon attention.

— Je comprends.

Il marqua une pause, traqua de sa fourchette dans son assiette un petit pois récalcitrant, finit par le coincer contre le blanc de poulet qu'elle avait cuit au four.

— Cesse de te torturer. Tu as payé ta dette à la société, tu es quitte.

— On n'est jamais quitte avec sa conscience quand on est responsable de la mort de quelqu'un. D'une jeune femme en l'occurrence.

— Jeune ou vieille, cela n'aurait pas changé grand-chose, puisque c'était un accident.

— Oui. Ce qui s'est passé ce soir-là, j'essaie de le revivre, de me rappeler, de comprendre comment j'ai pu la confondre avec un clébard, pourquoi je n'ai pas retrouvé le corps. Tout est si flou dans ma mémoire.

— Il faut te reposer. Je peux te prescrire des anxiolytiques, si tu le souhaites.

— Ce serait mieux de refaire surface sans l'aide des médicaments, tu ne crois pas ?

— Ce serait en effet plus naturel, mais n'attends pas de te retrouver au fond du gouffre avant de te soigner. Tu arrives à t'endormir ?

Elle soupira.

— À ne rien faire toute la journée, je ne suis plus assez fatiguée.

— Il existe des somnifères très efficaces, même à faible dose, et qui ne rendent pas trop dépendant. Je te rapporterai ce qu'il faut demain de l'hôpital. Tu t'en serviras si tu en éprouves le besoin.

— Ça va dans le service ?

— Ces jours-ci, c'est un peu plus calme. Avec la chaleur, elles ont arrêté de pondre.

— Les collègues ne s'inquiètent pas de mon absence ?

La mine d'Alban se renfrogna.

— Ne te tracasse pas avec ça. Tu connais aussi bien que moi l'ingratitude des amis qu'on croit les plus fidèles. Pense à toi d'abord, c'est amplement suffisant. Quand tu seras en état de reprendre le boulot, on verra ensemble à trouver une solution.

Il la fixait dans les yeux. Il paraissait sincère. Touchée par une telle sollicitude, elle eut un accès de tendresse, envie d'être serrée entre ses bras, de laisser sa tête aller sur son épaule. Ne plus être qu'un corps qui vibre sous la caresse, noyer sa détresse dans le plaisir des sens. Même au détour d'une étreinte éphémère. Les yeux mouillés, elle posa une main sur son poignet par-dessus la table.

— Tu es gentil, et je t'en remercie. J'ai encore besoin de toi, tu sais.

Il couvrit sa main de la sienne, serra ses doigts.

— Quand je n'arrive pas à trouver le sommeil, balbutia-t-elle en rougissant, j'ai parfois envie de te rejoindre. Tu te souviens quand…

Il rompit le contact, son regard s'enfuit.

— Ces temps-ci, je suis très fatigué. Le boulot…

— Tu viens de me dire que le service était plutôt calme.

— Alors ce doit être la chaleur. La clim ne fonctionne pas au mieux à la maternité. Je l'ai signalé aux services techniques. Ils ont beaucoup de gars en vacances. Pour l'instant, ils n'ont rien pu faire.

Véronique comprit la dérobade. Ils n'en étaient pas encore à renouer une liaison physique.

S'ensuivirent trois jours de désœuvrement total. La vacuité de se sentir bonne à rien. Ne la quittait pas l'image de Nicole Bergeret, seule dans son pavillon. Elle n'était pas prête à parler de sa fille, avait-elle dit avant de lui intimer de partir. Elle n'excluait donc pas une nouvelle rencontre, à laquelle Véronique elle-même ne renonçait pas. D'avoir vu son cadre de vie, elle avait l'impression d'avoir approché Mathilde. Les informations à son sujet lors du procès lui étaient restées en mémoire, une écorchée vive, une vie dissolue, une fille à problèmes de toute évidence, en totale discordance avec le look de sa mère et le cadre de son enfance. Que faisait une telle fille à pareille heure sur une route perdue en pleine cambrousse ? Sous l'emprise de l'alcool, de stupéfiants. Et l'honorable Mme Bergeret, pourquoi laissait-elle sa fille vagabonder ? Même si celle-ci était majeure et de tempérament difficile.

Quatre jours plus tard, le téléphone sonna dans la soirée. Véronique pensa qu'il s'agissait d'Alban. Peut-être une collègue de travail qui se résolvait enfin à prendre de ses nouvelles. Elle décrocha.

Une respiration oppressée.

— Je vous écoute.

Pas de réponse. Un plaisantin… Véronique s'apprêtait à raccrocher quand elle comprit qui était au bout du fil.

— Mme Bergeret ?

— Oui…

Une voix inaudible, dans un souffle.

— Je pensais justement passer… reprit Véronique.

Le claquement du téléphone sur le combiné.

XVI

Dès le lendemain, Véronique répondait à l'invitation muette et pressait le bouton de l'interphone. Cette fois, elle n'eut pas à décliner son identité. Le haut-parleur bourdonna. Un simple mot :

— Venez.

La poignée du portillon couina à peine. Moins angoissée, Véronique ne s'aventurait plus en terrain ennemi. La silhouette devait se tenir derrière le rideau vaporeux de la grande baie vitrée. L'allée interminable, le gravier blanc crissait sous ses appuis incertains. Elle avait la gorge sèche, la tête lui tournait, elle chancelait comme sous l'emprise de l'alcool.

Les pans du rideau frémirent. S'immobilisèrent. La terrasse de grands carreaux bruns se divisait en deux parties. La surface principale s'étalait devant la grande fenêtre du salon. Une marche en dénivelé permettait d'accéder à un plan plus bas devant la porte d'entrée sur le côté. Elle s'entrouvrit aussitôt. Nicole Bergeret se tenait en retrait dans le vestibule.

— Entrez, puisque vous êtes là…

D'une lassitude extrême, le ton trahissait l'effort violent qu'elle s'imposait. Elle portait une tenue sombre, de deuil, pensa Véronique, comme sans doute aux lendemains du décès de sa fille.

— Je me demandais quand vous seriez venue… si vous viendriez.

— J'ai cru comprendre que vous m'invitiez.

— Vous avez ravivé des souvenirs que j'avais décidé d'oublier. La blessure que vous avez rouverte n'a pas arrêté de saigner depuis. Autant aller jusqu'au bout, maintenant.

— Je sais combien c'est dur…

Elles restèrent silencieuses un long moment. Véronique avait l'impression de passer un examen terrible, qui lui donnerait le droit de légitimer son audace. Elle n'osait lever les yeux, de crainte de croiser un regard où ne se liraient que haine et mépris.

— Nous serons mieux dans le salon, puisque vous auriez des choses si importantes à me confier.

L'intérieur de la demeure était conforme à la propriétaire. Un décor raffiné, mais sans exubérance. Des tentures droites, d'un gris chaud, encadraient la grande baie. Des bibelots paraissaient disséminés au hasard, mais leur profusion ne créait toutefois nulle impression de désordre. Un large canapé, des crapauds tendus de velours vert foncé. D'un geste discret, l'hôtesse convia Véronique à s'installer dans le plus proche, elle-même se posa dans l'autre, face à elle. Sur la table basse, d'une marquèterie remarquable, fumait une théière accolée de deux tasses.

— Du thé. Je n'ai rien d'autre à vous proposer.

— Ce sera très bien.

D'un geste sûr, Nicole emplit les tasses. Crispée, Véronique hésitait à se saisir de la sienne alors que son hôtesse buvait déjà du bout des lèvres.

— Ce n'est pas trop chaud. Vous ne risquez pas de vous brûler. Vous désiriez me parler ?

— Oui. Je suis partie quelques jours dans le Périgord, chez une personne qui m'est très chère. Après le procès, j'avais besoin de recharger mes batteries. Tant que je ne vous aurai pas expliqué ce qui s'est réellement passé, je ne trouverai pas le repos.

— Vous n'avez pas le sentiment d'inverser les rôles ?

Véronique resta sans voix quelques secondes. Elle reposa doucement sa tasse dans la soucoupe.

— Vous avez entendu l'exposé des faits par l'avocat général au tribunal ?

Mme Bergeret soupira.

— Entendus, oui, mais sans les avoir vraiment écoutés. J'avais l'impression d'être ailleurs. Que tout cela ne me concernait plus. Je voyais Mathilde et je ne parvenais à comprendre que c'était d'elle que l'on parlait, de sa mort. Que c'était vous…

La voix s'enroua, des sanglots au fond de sa gorge.

— J'ai vécu les mêmes tourments quand ma fille a perdu la vie sur cette même route, dit Véronique.

— Votre fille ?

— Oui. Le hasard fait qu'elle s'appelait Mathilde elle aussi. Elle a été renversée par un chauffard…

Nicole Bergeret la dévisageait, de plus en plus intriguée.

— On n'a jamais su qui c'était ?

— Non. Cela fait bientôt deux ans. Les enquêteurs ont suspendu les recherches. Je ne parviens pas à faire mon deuil. C'est pour vous éviter les mêmes cauchemars que je tenais à vous rencontrer.

— Je ne suis pas sûre que ce soit une si bonne initiative. Vous devez en vouloir à la terre entière de vous avoir ravi votre enfant. Mais vous n'avez pas, comme moi, un visage à mettre sur celui qui l'a tuée. Je me demande si ce n'est pas mieux, au bout du compte. Les jours qui ont suivi la terrible nouvelle, je n'avais qu'une idée : me venger.

Vous détruire. Puis ma haine s'est calmée, non que je me sois résignée pour autant.

— J'aurais compris que vous vous en preniez à moi. Je n'aurais pas essayé de me défendre.

Un ricanement douloureux.

— Des mots creux, qu'on débite sans réfléchir. Je n'aurais sans doute pas eu le courage, ni la force de vous faire du mal.

— Ce n'était qu'un accident.

— Encore heureux que vous ne l'ayez pas tuée volontairement.

— Le brouillard était si épais qu'on n'y voyait pas à deux mètres.

— C'est ce qu'ont indiqué les services de gendarmerie. Le genre de conditions où il vaudrait mieux ne pas prendre son véhicule, ou alors avec d'infinies précautions.

— Il fallait bien que je rentre chez moi. Je vous assure que je roulais au pas. Mais j'étais épuisée.

— Vous reveniez d'un pot d'anniversaire, si mes souvenirs sont bons ?

Cette fois, le ton était insidieux, le regard accusateur.

— En effet. Mais je n'avais pas trop bu.

— Pourquoi vous êtes-vous enfuie, alors ?

— Je ne me suis pas enfuie. Juste avant le choc, j'ai aperçu une silhouette dans mes phares. Sincèrement, j'ai cru qu'il s'agissait d'un gros chien. Je me suis arrêtée un peu plus loin, je suis revenue voir.

— Vous deviez être vraiment fatiguée pour ne pas avoir repéré le corps de ma pauvre Mathilde…

— C'est un point que je ne parviens toujours pas à m'expliquer. J'ai inspecté les bas-côtés, le fossé. Il faisait noir, il y avait de l'herbe, mais quand même…

— Peut-être qu'elle n'était que blessée et qu'elle s'est déplacée après votre départ.

— Vous savez aussi bien que moi que l'enquête a conclu à une mort instantanée.

Nicole Bergeret laissa échapper un faible gémissement.

— Il faut bien pourtant une explication. Si elle était là, vous auriez dû la voir. À moins que vous n'ayez paniqué comme l'a laissé entendre l'accusation lors du procès.

— Non, je vous assure que je vous dis la vérité. Une vérité que moi-même j'ai du mal à admettre, que je ne comprends pas. Elle était habillée de noir, n'est-ce pas ?

— Comme à son habitude. Mathilde portait toujours les mêmes tenues. C'était en accord avec la musique qu'elle pratiquait.

— Oui, je me souviens maintenant qu'elle faisait de la musique.

— En vérité, elle chantait dans un groupe de rock. C'étaient les autres qui étaient musiciens, si on peut appeler *ça* de la musique. Les Anges des ténèbres…

Un sourire d'une tristesse infinie lui dessina un visage de madone. Véronique avisa un cadre sur le buffet derrière son interlocutrice, une jeune fille toute vêtue de noir en effet. Elle prit conscience de n'avoir vu jusque-là aucun portrait de la victime.

— C'est elle ?

Machinalement, Mme Bergeret se retourna.

— Oui… C'est Mathilde. Elle avait une vingtaine d'années à l'époque.

— Je peux la voir ?

La propriétaire tendit le cadre. La jeune fille était d'une maigreur extrême, limite anorexique, pensa Véronique. Un look du plus pur gothique, avec piercing, un petit anneau dans le nez, un clou entre la lèvre inférieure et le menton, comme une verrue en argent. Une agrafe lui transperçait le sourcil gauche. L'hélix des oreilles se résumait à une guirlande de métal. Mais le plus frappant, c'était le regard provocant avec lequel elle fixait l'objectif, l'air manifeste d'en vouloir au monde entier.

— Son père est décédé, si j'ai bien compris.

Toujours debout, la mère se raidit. Véronique eut conscience aussitôt de son changement d'attitude.

— Excusez-moi, je ne voulais pas être indiscrète.

— Je suis fatiguée.

— Je comprends. J'aurais aimé pourtant que vous me parliez d'elle. Je me demande toujours ce que votre fille faisait sur cette route dans la nuit.

— Vous ne croyez pas que c'est de la curiosité plutôt morbide ?

— Non. Besoin de comprendre, c'est tout, et ce n'est pas non plus pour atténuer ma responsabilité. Juste besoin de comprendre.

La propriétaire soupira. Au supplice.

— Je ne suis pas sûre que Mathilde verrait d'un très bon œil que je vous parle d'elle. De toute façon, je pense que nous n'avons plus rien à nous dire. Si vous voulez bien me laisser maintenant.

Véronique remarqua alors qu'elle s'évertuait à contenir ses larmes, l'une perla cependant et coula dans le pli de la narine.

XVII

Les Anges des ténèbres. Cinq musiciens. Ils possédaient un site. Sur l'écran de l'ordinateur s'afficha la photo du groupe. Véronique reconnut aussitôt la chanteuse. Mathilde développait toujours la même agressivité : son attitude, courbée en avant comme si elle prenait son élan afin de bondir, son visage hargneux, et ses yeux noirs, acérés comme des poinçons.

Véronique revint en arrière, cliqua sur une autre icône. Une vidéo. Les *Anges* ne manquaient pas d'énergie : une guitare, une basse, un batteur et un saxo, qui paraissait le plus âgé. Le bout de film avait été enregistré lors d'un festival, ils se trémoussaient comme de beaux diables, les deux guitaristes couraient d'un bout à l'autre de la scène, se provoquaient en se cambrant en arrière – des jeunes coqs soucieux d'en découdre à coups d'ergots. Campée derrière son micro, la chanteuse captait d'emblée l'attention. Sa voix ne manquait pas d'intérêt, chaude et grave, capable également de grimper dans les aigus quand elle se mettait à crier – elle criait souvent. Un timbre original au demeurant. Véronique comprit l'appréciation plutôt négative de la mère : une musique âpre, violente même, qui frisait parfois la cacophonie. Du rock pur et dur, autant qu'elle soit à même d'en juger – ce n'était pas non plus son genre.

Véronique revint sur le panneau d'accueil. Le site paraissait bien tenu. Ils avaient constitué un press-book. Double-clic.

Les critiques unanimement élogieuses reconnaissaient l'originalité du groupe. Du hard-métal. La chanteuse était présentée comme une personnalité hors-normes, un tempérament de feu, une écorchée vive. Surprenant, c'est elle qui écrivait les textes. Un réquisitoire acerbe et empreint cependant de poésie contre la société dont elle était issue.

Véronique était sidérée. Au bout du compte, c'étaient ses parents que Mathilde rejetait dans ses chansons. Cohabitant dans le même cadre, la mère et la fille paraissaient pourtant séparées par un abîme infranchissable. Elle se souvenait de l'adolescente de sa Mathilde à elle… Pas toujours facile, bien sûr des sautes d'humeur, des phases d'opposition, des mélancolies indéchiffrables, mais les conflits ne duraient jamais, et Véronique n'avait pas besoin de s'abaisser à de viles diplomaties afin de renouer le dialogue.

Où se situait le père dans ce conflit de son vivant ? À tout hasard, Véronique tapa le nom de Bergeret sur le moteur de recherche. Un article de journal faisait état d'un accident où un certain Léonard Bergeret avait laissé la vie. Ce qui lui valait *post-mortem* les honneurs de la presse, c'était d'être médecin anesthésiste au CHU d'Angers. C'était lui qui conduisait, mais il n'était pas seul dans sa voiture. L'accompagnait sa fille de 15 ans, une certaine Mathilde Bergeret. Il ne faisait plus aucun doute, il s'agissait bien des mêmes. Pour des raisons inconnues – et que la passagère installée sur le siège avant n'avait pu expliquer –, le conducteur avait perdu le contrôle de son véhicule en pleine ligne droite. Il avait quitté la route avant de s'encastrer dans un arbre. Un choc d'une extrême violence, toute la partie gauche de la carrosserie à l'avant avait été emboutie. La fille s'en était sortie indemne. En revanche, coincé dans les ferrailles qui lui avaient perforé le torse, Bergeret avait été tué sur le coup.

Il laissait une veuve et une orpheline. Le journaliste dressait de la veuve un rapide portrait : Nicole Bergeret était la dernière descendante d'une famille de nobles, les De Marcy, parvenus à préserver leurs biens malgré les coupes sombres de la Révolution.

À force de les fixer, les lignes, minuscules sur l'écran, dansaient sous les yeux de Véronique. Un accident affreux. Elle comprenait à présent la réaction épidermique de la pauvre femme au sujet de son mari. Une maladresse imprévisible qui risquait d'avoir coupé les ponts.

Peu à peu se dessinait le contexte social dans lequel avait été élevée Mathilde. Une façade tout en noblesse, mais qui occultait de profondes misères psychologiques. Comment ne pas être marquée de façon indélébile par l'accident fatal à son père alors qu'elle, en était sortie miraculeusement indemne ? Quel tableau atroce que la dépouille à ses côtés jusqu'à ce que les pompiers viennent les désincarcérer ! De quoi péter les plombs en effet.

Véronique avait le sentiment de ne pas détenir la vérité dans son intégralité. Du côté de Mme Bergeret, elle devrait patienter. De toute façon, la rebelle n'avait pas dû se confier souvent à sa mère. Restait le groupe de rockers. Eux devaient connaître la véritable Mathilde, puisqu'ils appartenaient au monde qu'elle s'était choisi, en tournant le dos à celui imposé par la naissance.

Véronique revint sur le site des Anges des ténèbres. Un contact était indiqué, normal pour une structure à vocation de spectacle, un nom et un portable. Jonas Lignon. Le contact était-il encore valide ? Le groupe avait-il perduré au décès de leur vedette ? Une voix rauque répondit après deux tentatives. Ensommeillée, celle de quelqu'un tiré à midi de son lit après une nouba carabinée.

— Jonas Lignon?

— Lui-même. C'est pourquoi?

Craignant de se voir signifier une fin de non-recevoir, Véronique préféra ne pas dévoiler sa véritable identité, ni la raison de son appel.

— Je suis journaliste. Je désirerais effectuer un reportage sur votre groupe de rock.

— Vous vous réveillez un peu tard, ma petite dame. Les Anges des ténèbres n'existent plus depuis bientôt un an. Avant, je dis pas, nous aurions eu bien besoin que vous vous intéressiez à nous. Maintenant que les Anges sont en enfer, c'est un peu tard.

— Je suis au courant du drame qui vous a frappés en vous privant de votre chanteuse. C'est un peu à sa mémoire que j'ai envie d'écrire un papier sur elle. Je vous ai écoutés sur votre site, elle avait beaucoup de talent.

Le jeune homme soupira.

— Ça ne la fera pas revenir.

— Malheureusement non. Mais peut-être qu'un jour, vous aurez envie de remonter sur scène. Cela vous fera un peu de publicité si vous souhaitez lui trouver une remplaçante.

— Mathi était irremplaçable. Vous ne pouvez pas savoir, vous l'avez pas connue. Faut que j'en parle aux autres, je ne peux pas décider tout seul.

— Je comprends.

— Donnez-moi votre numéro de portable.

— Je suis toujours à droite à gauche, objecta Véronique. Il vaudrait mieux que ce soit moi qui vous rappelle.

— Comme vous voulez.

— Quand est-ce que vous pouvez joindre vos amis?

— Ce soir. Tous les soirs, on boit un coup ensemble, comme au bon vieux temps, quand Mathi était encore avec nous. Appelez-moi demain.

XVIII

Le rendez-vous fut fixé au lendemain, en fin d'après-midi, sur l'ancien lieu de répétition, une usine désaffectée. Véronique n'eut d'autre solution que d'appeler un taxi afin de s'y faire véhiculer. Elle avait pris soin de se munir de son appareil photo, pour faire vrai.

Le cadre était sinistre, de grands vitrages étoilés et cassés, de lourdes portes qui ne coulissaient plus. L'intérieur révéla un immense espace lugubre et froid, où le vent s'engouffrait de tous les bords. Çà et là finissaient de rouiller des machines démantibulées, qui auraient fait le bonheur des sculpteurs modernes. Défoncé de place en place, le sol de ciment était maculé de fientes d'oiseaux. Ceux du jour y trouvaient refuge la nuit, les nocturnes et les chauves-souris y dormaient la journée. Une odeur humide de moisi prit Véronique Quinet à la gorge.

Il n'était encore que 17 heures, mais il y faisait déjà sombre. Aucun bruit. C'était pure folie de s'immiscer dans cette faune interlope. Quelle confiance accorder à des jeunes au ban de la société ? Mathilde se droguait, avait indiqué l'autopsie. Ses copains ne devaient pas être en reste. Véronique s'avança lentement, en veillant où poser les pieds. Détachée de la voûte, une tôle rouillée gisait sur le sol. De la heurter dans l'obscurité provoqua un vacarme épouvantable, renforçant son impression de vulnérabilité.

— Il y a quelqu'un ?

Son appel n'aurait pas réveillé davantage d'écho dans la nef d'une cathédrale. Pas de réponse, elle insista.

— Ouais, ouais. On arrive.

Trois hommes émergèrent d'une porte sur le bas-côté. Des looks en conformité avec la vidéo.

— C'est lequel d'entre vous, Jonas ?

— Aucun, répondit un grand échalas au teint noirâtre, et dont les cheveux longs et huileux lui masquaient les yeux.

— C'est pourtant lui que j'ai eu au téléphone.

— Sans doute, répondit un autre, plus petit et au crâne rasé. Mais toute journaliste que vous êtes, nous ne sommes pas à votre disposition. Jonas, il a eu un empêchement de dernière minute, il sera un peu en retard.

La conversation s'engageait d'entrée sur un terrain miné. Celui qui n'avait encore rien dit se tenait en retrait, les mains dans les poches de son jean délavé. Tous trois portaient un blouson de cuir, plus très noir à force d'être usé, surtout aux coudes et aux épaules, de lourdes santiags au bout pointu, mais dont le talon oblique paraissait avoir glissé vers l'avant. Eux aussi se tenaient sur la défensive face à l'intrusion d'une étrangère.

— Comme ça, vous souhaitez nous rencontrer ?

— Votre ami a dû vous expliquer.

— On peut savoir pour quel journal vous travaillez ?

C'était une question qu'elle n'avait pas prévue.

— Un canard parisien, *La Musique à portée*, improvisa-t-elle.

— Connais pas. Vous connaissez ça, vous, les copains ?

Les deux autres haussèrent les épaules.

— En réalité, il n'est pas encore paru. C'est un nouveau magazine. Le premier numéro sortira le mois prochain.

— Ah… Et vous voulez parler de Mathi ? Vous la connaissiez quand elle était encore en vie ?

— Non. C'est la fille d'un ami qui m'a parlé de vous. Elle doit avoir à peu près votre âge. Elle vous avait entendus en concert. Elle vous avait trouvés drôlement bien. Je vous ai écoutés sur votre site, je confirme.

— Venez qu'on vous montre.

Ils lui tournèrent le dos, elle n'eut plus qu'à les suivre dans l'antre dont ils avaient émergé.

— C'est ici qu'on répétait.

Éclairé par une lampe dont l'abat-jour auréolé était tout de guingois, l'endroit n'avait rien d'un studio, et vu les plafonds bas, l'acoustique ne devait pas être exceptionnelle. Des poufs en plastique avachis faisaient office de sièges. Au mur, des affiches d'autres groupes, dont la plupart partaient en lambeaux. Ils s'installèrent, en ayant la délicatesse de lui laisser le moins défoncé.

— Moi, c'est Franck, fit le plus disert. J'étais le batteur. Lui c'est José, il paraît qu'il aurait du sang espagnol dans les veines.

— Comment ça, il paraît ? s'offusqua le crâne rasé. Ma mère s'appelait Dolorès et mon père Pablo.

— Que tu dis, intervint le troisième. On n'a jamais été vérifier. Moi, c'est Jean.

Il rit.

— Ouais, je sais, c'est pas très original, mais j'y tiens. Et je déteste surtout qu'on m'appelle Jeannot. C'est Jean tout court.

Véronique prenait conscience de n'avoir face à elle, sous leurs allures de loubards, que des adolescents attardés.

— Et vous, c'est comment ?

— Aline. Ce n'est pas non plus très original, mais comme vous, je tiens à mon prénom, et je ne voudrais à aucun prix qu'on m'appelle Linette.

Elle jeta un coup d'œil sur les murs alentour.

— Vous n'avez pas d'affiche de votre groupe ?

— Si, bien sûr. Mais il ne nous en reste plus beaucoup et on les garde en sécurité. Eh l'hidalgo, t'as pensé à en apporter une pour la montrer à la madame ?

Le nommé José sortit un rouleau de la poche intérieure de son cuir et le déroula avec une satisfaction évidente.

— Les Anges des ténèbres. Putain, on avait quand même de la gueule, hein ?

— On a enregistré deux CD, et on en avait un troisième en préparation avant que Mathi se fasse écraser, fit Jean. On avait même des contacts avancés avec plusieurs producteurs et un tourneur de spectacle. Mais tout ça, c'est tombé à l'eau à cause d'une connasse mondaine à moitié bourrée.

Véronique ne put s'empêcher de se défendre :

— C'était la nuit que ça s'est produit, j'ai suivi le procès. Apparemment, ce n'était qu'un accident tout ce qu'il y a de plus banal.

Franck se dressa, soulevé par une force irrésistible. Le batteur n'était pas très grand, mais râblé. Il ne devait pas faire bon tomber entre ses paluches. Véronique eut un mouvement de recul.

— Une bagnole a tué une fille aussi merveilleuse que Mathi, et pour vous ce n'est qu'un banal accident ! hurla-t-il en fourrageant dans ses cheveux huileux.

— Ce n'est pas ce que je voulais dire, vous pensez bien, mais celle qui a renversé votre amie n'a pas choisi sa victime.

— Elle aurait dû. Mathi était promise à un bel avenir.

Véronique se décida à poser la question qui lui brûlait les lèvres depuis son arrivée : que faisait la jeune femme à cette heure-là en pleine campagne ? Il y eut un moment de flottement. C'est Jean qui se chargea de répondre :

— Mathi menait une vie très libre, malgré sa mère qui essayait de l'apprivoiser et de l'empêcher de sortir. Elle n'avait peur de rien, ni de personne. Ce n'était pas le genre de fille qu'on pouvait garder en cage.

— Il semblerait que ce soir-là, elle avait un peu…

José la coupa :

— Les avocats de l'autre salope ont essayé de la discréditer pour sauver leur cliente. Non, elle n'avait pas picolé.

— C'est pourtant ce qu'indiquaient les résultats de l'autopsie.

— De toute façon, Mathi, elle tenait la marée, et elle conduisait pas. Quand on se balade à pied, on a bien le droit de boire une bière ou deux.

Franck s'était rassis. En apparence calmé, ce fut pourtant lui qui attaqua, mais d'une voix froide et posée cette fois, d'autant plus inquiétante.

— Pour quel genre de torchon vous travaillez ? Un journal facho, à la solde des petits bourgeois ? Si c'est pour salir notre copine, c'était pas la peine de venir nous emmerder.

L'agressivité montait dans la pièce exiguë, Véronique regrettait d'être venue seule. D'être venue tout court. Elle n'eut pas à riposter. Au même moment entra le dernier membre du groupe, le saxophoniste. Il paraissait plus âgé, l'élément modérateur, le leadership. Pour preuve, aussitôt ses camarades se calmèrent. Véronique se leva. Jonas la dévisagea, elle ne savait plus où se mettre.

— Jonas ? balbutia-t-elle.

Il ne répondit pas.

— C'est curieux, je crois vous avoir déjà vue quelque part…

— C'est la journaliste que tu nous as demandé d'accueillir, tu as oublié ?

— Non, non…

Soudain, son visage se durcit.

— J'étais à votre procès, Mme Quinet.

XIX

Un silence de mort. Interminable. La stupéfaction totale. Sous un prétexte fallacieux, cette femme avait l'audace d'infiltrer les copains de la fille qu'elle avait tuée, les privant ainsi de leur raison de vivre. Ils s'étaient levés, tous les quatre, formant un carré d'une hostilité redoutable. Véronique devina que sa vie ne tenait plus qu'à un fil. Un mot malencontreux, un geste de défense malheureux, et en une seconde c'en était fait de la petite bourgeoise, mariée avec un chef de service de la maternité d'Angers. Bourrée de fric, sans excuse face à ces jeunes paumés qui, eux, jamais ne grignoteraient la vie que du bout des dents.

— J'étais à votre procès, répéta Jonas. Si on peut appeler ça un procès.

Véronique se taisait, la tête baissée, la condamnée en passe d'accepter la sentence que d'avance elle savait méritée.

— Une mascarade. Un simulacre joué d'avance entre votre avocat et le juge. Vous l'avez payé combien ?

Véronique tremblait de la tête aux pieds. Jonas fit un pas sur elle, la saisit au collet.

— Combien ? Tu pourrais au moins éclairer notre lanterne.

— Je n'ai payé personne. J'aurais tout donné pour que Mathilde soit encore vivante.

Les trois autres ricanèrent. Ce fut Jean qui intervint.

— C'est vrai que tu fais partie d'un monde où tout s'achète. Même la vie d'une pauvre gosse, qui elle, n'avait rien demandé à personne.

Chacune de ces terribles paroles l'atteignait comme un crachat méprisant. La pogne vigoureuse la lâcha, elle respira.

— C'était un accident, répéta-t-elle en reprenant son souffle.

— Tu crois pas que c'est un peu facile ? attaqua à son tour José, en se dandinant sur ses pieds écartés, tel un lutteur en passe de se jeter sur son adversaire afin de le terrasser.

— Tu mériterais de subir le même sort, fit Franck, le batteur. Tu sais ce qu'on va faire ? Tu vas monter dans notre caisse, on va t'emmener là-bas. Tu vas te mettre sur le bord de la route et on va te suivre. T'auras pas de chance, hein ? On va te rentrer dedans, on va foutre le camp et te laisser crever dans le fossé. C'est ça que tu veux, c'est ça que tu es venue chercher ici ?

Véronique ne pouvait contenir ses larmes.

— Tu te rends compte, reprit Jonas. Tu l'as renversée et tu t'es enfuie en la laissant crever comme une chienne sur le bord de la route.

Elle était au supplice, mais une petite voix lui murmurait qu'elle n'avait plus besoin d'avoir peur, le plus fort de l'orage était passé. De toute façon, elle estimait légitime de subir enfin le châtiment mérité, entre une rockeuse à moitié shootée et une sage-femme de la maternité, une justice complaisante avait choisi le camp de l'honorabilité. *Crever comme une chienne.* Les mots terribles résonnaient dans ses oreilles.

— J'ai cru que c'était un chien. Je me suis arrêtée, je suis descendue, je n'ai rien trouvé. Si ça avait été votre copine, je suis sûre que je l'aurais vue.

Ce fut un nouveau ricanement, avec des regards entendus.

— Facile… Tu l'as déjà dit. Faudrait penser à changer de musique. Nous, on fait du métal, pas de la romance à deux balles.

Véronique récupérait. La menace s'estompait, ce n'étaient pas des assassins. Elle marqua une pause, mais elle ne tremblait plus. Elle eut soudain une illumination. La stratégie qui aurait dû lui venir à l'esprit. Et les mots se libérèrent comme le flot d'un torrent qui forçait le barrage.

— Je suis sûre que ce n'est pas moi qui ai tué votre copine. Vous avez le droit de ne pas me croire, vous pouvez même me régler mon compte si vous voulez, personne ne sait que je suis là, vous n'aurez aucun ennui. Croyez-vous que si je me sentais coupable, je serais venue me jeter dans la gueule du loup ?

Moment de flottement, dont elle profita pour avancer ses pions.

— C'est quelqu'un d'autre. Je n'étais pas la seule à circuler sur cette route. Il n'était encore que 9 heures. À cette heure-là, les gens rentrent chez eux, comme moi. C'est quelqu'un d'autre qui est passé après moi, je vous dis.

Ils reculèrent, déstabilisés, parce qu'au fond, ils n'étaient ni des mauvais garçons ni des entêtés irrémédiables. Véronique emprunta le ton de la confidence. Avec humilité, elle débita l'argument suprême.

— Moi aussi ma fille a été tuée dans un accident identique, elle s'appelait Mathilde elle aussi. Celui qui a fait ça s'est enfui, comme un lâche, il n'a pas eu le courage de venir m'affronter afin de m'expliquer ce qui s'était passé. Moi, je suis allée voir sa mère, et je suis là devant vous pour répondre de mes actes. Si j'avais eu face à moi celui qui a renversé ma fille, je l'aurais tué sans hésiter. Il n'a pas eu les couilles, moi si, alors que je ne suis qu'une gonzesse, même si je sais que c'est pas moi.

Une vulgarité si étonnante dans la bouche d'une dame de sa classe sonnait juste. Ils hésitaient.

— Ouais, mais si Jonas ne t'avait pas reconnue, tu nous roulais dans la farine.

— J'ai menti sur mon identité, sinon, vous n'auriez pas accepté de me rencontrer. D'ailleurs, je ne suis pas journaliste non plus.

— Pourquoi tu traques encore après sa mort celle que tu as envoyée au diable ?

— Parce que je suis aussi malheureuse que vous. Parce que dans tout ça, il y a un truc que je ne comprends pas. J'ai besoin de savoir ce que Mathilde fichait sur cette route en pleine cambrousse à cette heure-là. J'ai besoin de savoir qui elle était vraiment, et ça, il n'y a que vous à pouvoir me le dire.

Elle finissait par leur plaire, cette femme en âge d'être leur mère, à qui non plus la vie n'avait pas fait de cadeau. Le joueur de saxo fut le premier à se laisser prendre au jeu de la confidence. Il se rassit sur son pouf éventré. Ses compagnons l'imitèrent.

— Qu'est-ce que Mathi foutait ce soir-là à se balader seule dans la nuit ? C'est une question que nous-mêmes nous nous posons encore.

— Elle avait des copains dans le secteur ?

— Pas qu'on sache, mais elle ne nous disait pas tout. C'était une fille chouette, mais elle avait du mal avec la vie. Beaucoup de mal.

— C'était sa façon de vivre. On n'avait pas à la critiquer, surtout que du côté chant, elle assurait grave.

— Ouais, c'était une sacrée putain de voix et dans ses chansons, elle avait l'art de trouver les mots justes pour dire les trucs les plus compliqués.

— Puisque vous voulez tout savoir, la vie, elle savait aussi en profiter, intervint José. Il y avait toujours des types à lui tourner autour. Les tordus, ils aiment bien les louloutes un peu déjantées. Les vieux aussi… Ils font semblant de se croire autorisés à leur faire la morale afin de les remettre dans le droit chemin, alors que leur seule intention, c'est de tirer un coup avec une gamine.

Franck ricana.

— Avec Mathi, ils trouvaient à qui parler.

— Elle savait se défendre ?

— Pour ça, oui. Elle savait même attaquer.

— Qu'est-ce que vous voulez dire ?

— Y a besoin de te faire un dessin ? Elle n'avait pas son pareil pour faire marcher les mecs qui lui tournaient autour. Elle faisait semblant de leur céder, puis après, mon coco, tu craches au bassinet.

— Du chantage ?

— On peut appeler ça comme ça. Mais les vieux dégueulasses qui ont une femme et des gosses et qui se tapent les minettes, y a pas de raison de leur faire de cadeau. Surtout quand ils sont bourrés de fric.

— Elle menait une vie dissolue ?

— C'est quoi une vie *dissolue* ?

— Elle avait des aventures ? Ce n'est pas ce que vous venez de me dire ?

— Ouais, oui et non… tempéra Jonas. Elle couchait, c'est sûr, mais c'était pas parce qu'elle avait le feu au cul, ni parce qu'elle aimait ça. Elle avait besoin de se faire du pognon, parce qu'elle ne voulait plus dépendre de sa mère. C'est pas elle qui partait à la chasse, c'est les mecs qui venaient la chercher.

S'installa un long moment de silence. Véronique découvrait une jeune femme pour le moins perturbée. Une sorte de petite pute qui allumait les hommes pour leur soutirer du fric en les menaçant de les dénoncer après leur avoir accordé ses faveurs. José regardait ses doigts. Ses lèvres frémissaient, il était évident qu'il était sur le point d'ajouter quelque chose.

— Elle avait aussi des copines.

— Des copines ?

— Oui, enfin, un peu plus que des copines, vous avez bien compris. Des filles avec qui elle couchait. Mais là, on pense que c'était pour le plaisir. Mathi, elle avait envie de profiter de la vie par tous les bouts.

— Et avec vous aussi, elle… ?

— Ah, ça non, jamais, faut pas mélanger les fesses et le boulot, la musique et les parties de jambes en l'air. Nous, c'était copains copine.

Franck enchaîna.

— Mathi, c'était notre petite sœur. Une super gamine à qui jamais on n'aurait fait du mal. Sous ses aspects un peu fofolle, elle savait où elle allait, elle ne mettait pas les pieds n'importe où.

Véronique s'abstenait de tout commentaire. De toute appréciation malencontreuse. Elle jeta un œil sur sa montre.

Voilà plus d'une heure qu'elle était là. Alban allait encore s'étonner, sinon s'inquiéter. Il valait mieux revenir aux Grandes Reussières avant son retour, afin d'éviter des explications laborieuses. Elle se leva.

— Ça y est ? Votre curiosité est satisfaite ?

— Ce n'était pas de la curiosité.

— Vous allez pouvoir enfin mieux dormir maintenant que vous savez que la malheureuse que vous avez dézinguée, c'était pas la fifille à sa maman ?

— Je ne sais pas. Je ne pense pas. Je vois mieux qui elle était, c'est vrai. Ce sera peut-être plus facile d'accepter mes responsabilités.

Elle s'apprêtait à prendre congé. Jonas s'interposa sur son chemin.

— Y a un truc que je voulais te dire avant de partir. Tout ce qu'on t'a dit sur Mathi, t'as pas intérêt à aller le raconter, ni à déblatérer des conneries sur son compte. À personne, tu m'entends, pas même à ton bonhomme si t'en as un.

— Ce n'était pas dans mes intentions.

XX

La voiture d'Alban était en bonne place. Elle grommela un vague juron. Elle se serait bien passée de devoir composer. Elle régla le chauffeur du taxi. Descendit. Le véhicule s'éloigna, elle se rajusta.

Alban lisait un magazine dans le salon, un verre de whisky sur la table basse.

— Je me demandais où tu étais passée.

— Nulle part. Je suis allée faire un tour.

— Toujours abstinente ? ironisa-t-il après avoir lampé une gorgée.

— Je n'ai pas encore craqué si c'est ça que tu sous-entends.

— Je ne sous-entends rien. Tu m'impressionnes, c'est tout. Je te souhaite même de résister le plus longtemps possible.

— Tu ne fais rien pour m'aider.

— Si tu as besoin d'aide, c'est perdu d'avance.

— Je me demande si ça ne te ferait pas plaisir de me voir replonger.

— Le sadique qui jubile de la déchéance de sa compagne... Décidément, tu as une haute opinion de ton mari. Qu'est-ce qui te pousse à développer de pareilles idées ?

— Tu m'en parles tout le temps, comme si tu avais peur que j'oublie. Je ne t'ai jamais vu non plus boire autant de whisky que depuis que moi j'y ai renoncé.

— Tu te fais des idées. Je ne pense pas picoler davantage, mais tu le remarques maintenant du fait que tu t'obliges à t'en priver. Finalement, tu meurs d'envie de m'accompagner. Cela s'appelle de la frustration.

— Ça te ferait trop plaisir. Excuse-moi, je n'ai pas envie de me chamailler. Je vais me rafraîchir.

L'escarmouche en resta là. Véronique traîna dans la salle de bains. Ce climat de suspicion lui pesait de plus en plus. Alban était toujours à la jauger afin de repérer ses points faibles et de lui porter un mauvais coup à la moindre occasion. Elle s'obligea quand même à préparer le repas. Alban n'avait pas bougé de son fauteuil, le nez dans sa revue.

— Tu veux un coup de main ? proposa-t-il sans lever les yeux.

— Non, non. Enfin, si. Mets le couvert si tu as envie.

Il s'exécuta. Sortit le nécessaire du grand buffet moderne.

— Je ne te demande pas si je te mets un verre à vin. Tu vas encore m'accuser de cruauté mentale.

— Non, merci. Toi, tu peux en boire si tu en as envie. Je t'assure que je ne serai pas tentée.

Elle finit de couper en rondelles les pommes de terre froides. Des escalopes de dinde et de la salade. Du vite fait.

— Tu es allée en ville cet après-midi ?

Il avait remarqué le taxi, il revenait à la charge.

— Oui, au cinéma.

— Très bien…

La regardant cuisiner, il se tenait appuyé contre l'encadrement de bois à l'entrée de la cuisine, les pieds croisés. À l'aise.

— Quel film tu es allée voir ?

« Quelle conne ! » se dit Véronique.

— Je ne sais pas, bredouilla-t-elle. Tu vas rire, je me suis endormie dès le début.

Il ne riait pas. Il la dévisageait avec la jubilation de la voir mentir aussi mal. Elle, ne pouvait endiguer sa nervosité.

— Tu es entrée dans la première salle venue, comme ça, sans te soucier du film, et tu t'es endormie ?

— Tu sais, il m'arrive de faire de plus en plus de choses sans réfléchir. Si… J'ai regardé le titre, tu penses bien.

— Mais tu l'as oublié…

— Ça peut arriver à tout le monde.

— Malheureusement oui, cela peut même devenir une maladie.

Elle s'efforçait de réfléchir à toute vitesse, de se souvenir des récentes bandes-annonces à la télé.

— Le dernier film avec Isabelle Huppert. C'est comment le titre, déjà ? Aide-moi.

— Pourquoi veux-tu que je t'aide ? Rassure-toi. Ça n'a pas une grande importance. C'est tout simplement dommage de payer une place de ciné pour piquer un petit roupillon. Si tu es si fatiguée, tu serais bien mieux à te reposer ici.

— J'avais besoin de prendre l'air. Je tourne en rond.

— Pour être honnête, tu m'inquiètes, Véro. Tu prends les antidépresseurs que je t'ai rapportés du CHU ?

— Oui… Un cachet par ci par là, mais j'ai pas envie de m'abrutir avec des médicaments.

Il haussa les épaules.

— Il faut accepter de se soigner quand on ne peut pas faire autrement. Tu viens de traverser une épreuve difficile. Tu en affiches encore les séquelles. Cesse de te culpabiliser, je te l'ai déjà dit. Ce n'était qu'un accident.

— Je n'arrête pas d'y penser. Tu vois, ça fait plus d'un an maintenant, mais plus j'avance dans le temps, et plus je suis persuadée que ce n'est pas moi qui ai tué Mathilde Bergeret.

— Ne reviens pas là-dessus. Toutes les preuves t'accablent, ton phare cassé, la chaussure perdue dans le fossé, l'heure qui coïncide avec celle où tu affirmes avoir percuté un chien.

— Je sais bien… Et pourtant…

— Pourtant quoi ? Ou tu n'as pas vu le corps de cette pauvre femme ou tu as paniqué quand tu l'as découvert et tu as pris la fuite.

— Arrête. Tout cela, on me l'a déjà dit…

— Oui, et alors ? Qu'est-ce que tu veux ? Tu n'y peux rien, les faits sont là, c'est indéniable.

— Je ne suis pas folle, quand même ! Je n'avais pas trop bu !

— Ça, c'est toi qui le dis. À l'hosto, tes chères collègues m'ont quand même dit que ce soir-là, tu t'étais enfilé trois whiskys.

Elle tombait des nues.

— Tu as enquêté sur moi ?

— Je me suis renseigné, c'est tout. Figure-toi que moi aussi, j'ai envie de savoir la vérité. Depuis le début, j'ai l'impression que tu me mènes en bateau. Je te connais suffisamment pour deviner que tu me caches quelque chose et te savoir capable de me mentir.

Véronique perdait pied, comme lors de chaque affrontement.

— Je ne te cache rien. Que tu me croies ou non, c'est ainsi que les choses se sont passées.

— Tu vois, Véro. Tout ça, c'est de l'histoire ancienne, une affaire classée, comme on dit. Ce serait bien maintenant de m'avouer la vérité. C'est la seule façon de t'en sortir une bonne fois pour toutes. De soulager ta conscience.

— Quelle vérité veux-tu entendre ? La version *officielle* afin de te faire plaisir ?

— Tu n'as pas l'impression qu'il est temps d'arrêter de jouer ?

Il observa un long silence, pendant lequel il la détailla avec un regard si lourd d'accusation qu'elle se mit à trembler.

— Puisque j'en suis à te déballer ce que j'ai sur le cœur, il y a autre chose qui me tracasse.

Elle cilla des paupières, déglutit avec peine, une boule douloureuse au fond de la gorge.

— Je… Je t'écoute.

— La nuit où *notre* Mathilde a trouvé la mort. Comment t'expliquer… ? Tu peux me certifier que tu ne l'avais pas retrouvée ?

— Je ne comprends pas…

— Ce que je vais te dire va te paraître atroce, mais j'ai besoin d'en avoir le cœur net. La police n'a jamais mis la main sur celui ou *celle* qui avait renversé Mathilde.

Véronique était de plus en plus intriguée.

— Avec ce qui s'est passé avec cette jeune femme, la panique qui t'a poussée à prendre la fuite, à dire après coup que c'était un chien, j'en suis venu à me demander…

Cette fois, elle commençait à deviner…

— Tu es fou ! Tu racontes n'importe quoi !

— N'importe quoi, et pourtant tu m'as compris à demi-mot.

Elle se leva, le souffle coupé.

— Tu ne crois quand même pas…

— Ce sont des événements imprévisibles, la fatalité, on n'y peut rien.

— Je m'étais endormie, la batterie de mon portable était déchargée. Quand je suis allée chercher Mathilde, je ne l'ai pas trouvée. J'ai pensé que ne me voyant pas venir, elle était restée dormir chez sa copine. Merde à la fin ! Je te l'ai déjà expliqué cent fois. Pour qui tu me prends ? Mathilde était ma fille, ce à quoi je tenais le plus au monde.

— C'est ce que tu as raconté, mais j'ai toujours estimé que ton histoire ne tenait pas debout. Tu as pris ta voiture cette nuit-là pour aller chercher Mathilde quand elle t'a appelée. Tu étais fatiguée, tu détestes conduire la nuit. Elle avait pris la route à pied, tu ne l'as pas vue ou tu l'as vue trop tard, tu l'as renversée. Peut-être que tu n'as même pas su que c'était elle. Je te connais, tu as perdu les pédales, comme pour cette pauvre fille, tu as fait demi-tour, tu es rentrée.

Anéantie, Véronique recula en titubant. Il s'interposa pour l'empêcher de s'enfuir. La bloqua entre ses bras, mais il n'y avait guère de tendresse dans cette étreinte-là.

— Calme-toi, ce n'était qu'une hypothèse, mais c'est quand même bizarre qu'on n'ait jamais retrouvé le coupable. Si c'est toi, je t'assure que je comprendrais. Ce n'aurait été qu'un accident. Je crois même que je te pardonnerais.

Ses nerfs lâchaient, elle se laissa aller contre la poitrine d'Alban en sanglotant. Il interpréta cette faiblesse comme un aveu.

— C'est ça. Libère-toi et ça ira mieux. Il y a des secrets trop lourds pour une femme seule.

— Mais non ! cria-t-elle en se dégageant. Tu n'as pas le droit de penser une chose pareille. Tu sais bien que ce n'est pas moi.

— Je voudrais tant te croire. Tu peux me jurer que cette nuit-là, ce n'est pas ce qui s'est passé ?

— Laisse-moi. Tu n'es qu'un salaud.

— Jure-moi et je te promets de ne plus jamais t'en parler.

— Crois-tu que j'aurais pu tuer notre fille et jouer depuis un personnage aussi odieux ?

Il soupira longuement.

— Tu as raison. N'en parlons plus. Tu vois, j'ai envie de te faire confiance. Une dernière chose. J'espère au moins…

— Quoi encore ? hoqueta-t-elle en se frottant le visage.

— Cette idée d'aller rencontrer la mère de cette pauvre fille. J'espère que tu t'es rendu compte que c'était une connerie.

À bout de forces, Véronique fut sur le point de lâcher la vérité.

— Tu n'as quand même pas fait une bêtise pareille ? Je te rappelle que tu es en sursis, tu es mal placée pour faire n'importe quoi. Ça pourrait se retourner contre toi.

— Non. Sois tranquille.

XXI

Dans l'esprit fatigué de Véronique Quinet se confondaient deux silhouettes qui erraient dans la nuit. Toutes deux victimes d'un accident, elles s'appelaient Mathilde. La même route, la même voiture. Un choc inévitable, tuées sur le coup. Dans son esprit fatigué résonnaient les suspicions d'Alban. En elle s'opérait un transfert morbide. Elle voulait empêcher sa propre fille de s'effacer au profit de la jeune rockeuse. Mais celle-ci était plus forte que l'adolescente.

— Qu'est-ce que tu fais aujourd'hui ?

Tirée de son obnubilation, Véronique sursauta, et manqua de laisser échapper son bol.

Ce matin-là, Alban tournait en rond dans le grand salon. Il ne semblait pas décidé à quitter la place.

— Je ne sais pas, répondit Véronique. Je vais peut-être me rendre au cimetière, sur la tombe de Mathilde.

— Pourquoi t'acharnes-tu à t'immiscer dans le passé de cette pauvre fille ?

— Non, je te parle de *notre* Mathilde.

— Excuse-moi. Je n'avais pas compris.

— J'ai besoin de me rapprocher d'elle. Je lui rends souvent visite. Toi, je me demande si tu es jamais allé sur sa tombe.

Alban encaissa, parut un peu gêné.

— Contrairement à ce que tu insinues, je pense beaucoup à elle. Mais ce n'est pas dans mon tempérament de vivre avec les morts.

— Quand même. Ne serait-ce que pour entretenir sa sépulture.

— Les fossoyeurs sont là pour ça. Enfin, maintenant… c'est vrai que tu as tout ton temps…

— Tu ne travailles pas aujourd'hui ?

— Si, si. Rassure-toi, je ne t'embête pas plus longtemps, j'y vais. Je m'occupe des vivants, vois-tu, de ceux qui ont encore besoin de moi. De ceux qui vont naître.

La plaque de granite polie luisait sous le soleil, un reflet d'une tristesse infinie. Véronique posa son bouquet, en arrangea les fleurs. Un cerisier à côté frémissait dans le vent, dessinant des papillons d'ombre sur la tombe. Elle ne priait pas. Elle n'avait jamais su si elle croyait en quelque dieu. À vrai dire, cette question ne la tracassait guère. Jusqu'à l'adolescence, elle avait fait semblant, par mimétisme, par tradition. La tante du Périgord n'était pas étrangère à cette propension agnostique. C'est avec elle que la nièce avait eu les discussions les plus passionnées.

— Nous devons admettre que certaines choses échappent à notre esprit, que nous ne pouvons pas comprendre. À quoi bon se torturer à essayer de savoir s'il y a un bon Dieu ? S'il veut qu'on croie en lui, il n'a qu'à nous fournir les preuves de son existence. On verra bien le moment venu. S'il nous flanque à la porte de son paradis, eh bien, on ira voir ailleurs.

Au bas de la pierre dressée était scellé un médaillon légèrement bombé, la dernière photo de Mathilde avant son décès. La pauvrette souriait, belle à en pleurer, avide de croquer dans la vie. Elle s'était trouvé un petit copain. 15 ans, son premier flirt. Elle en avait parlé à sa mère à qui elle n'avait jamais rien caché d'important.

— Fais attention, avait conseillé la sage-femme.

— On n'en est pas encore là.

— Cela peut arriver plus vite qu'on pense. Si c'était le cas, tu sais ce qu'il faut faire.

Mathilde avait éclaté de rire en rougissant.

— Mais oui… Tu me l'as déjà expliqué cent fois. Ne jamais céder si le partenaire ne prend pas la précaution d'enfiler un préservatif.

Le petit ami n'était pas invité à la boum fatale. Sinon, la mère aurait sans doute mis son veto. Sans doute aussi l'adolescent n'aurait-il pas laissé sa chérie partir seule dans la nuit, ou alors, il l'aurait accompagnée. Elle soupira à s'en vider les poumons. Alban avait raison, il était trop tard pour refaire le monde.

Soudain, Véronique se sentit observée. Elle se retourna, une silhouette dans une allée voisine. Mme Bergeret. Que faisait-elle là ?

Nicole l'avait reconnue elle aussi. Elles se toisèrent une poignée de secondes à distance. Véronique hésita, craignant une nouvelle fin de non-recevoir. Elle esquissa un petit salut de la main. La mère de l'autre Mathilde ne bougea pas. Véronique s'enhardit à s'avancer. Le masque sévère, Nicole Bergeret fronçait les sourcils en scrutant le visage de celle qui s'approchait.

— Je croyais vous avoir signifié que je ne désirais plus vous parler, lui lança-t-elle dès qu'elle fut à portée de voix. Il faut arrêter de me suivre.

— Ce n'est pas pour vous que je suis là.

— Ah…

— Je vous l'ai dit l'autre jour. Moi aussi j'ai perdu une fille.

— C'est vrai, ça me revient maintenant.

— C'est ici qu'elle est…

Véronique buta sur le mot.

— C'est ici également que repose Mathilde, fit Mme Bergeret. C'est ainsi que votre fille se prénommait elle aussi, n'est-ce pas ?

— Oui. Le destin se permet souvent de drôles de fantaisies, comme si nous étions les marionnettes d'une volonté supérieure.

Les traits de Mme Bergeret s'apaisèrent.

— Je peux voir la tombe de votre fille ? en profita Véronique.

L'autre hésita.

— Je ne suis pas certaine que Mathilde serait d'accord. Enfin… Puisque vous êtes là…

La sépulture de la jeune chanteuse n'était pas très éloignée. Véronique était troublée que les deux filles soient inhumées dans le même cimetière.

— C'est là.

Une tombe on ne peut plus ordinaire. Pas de photo, le nom de la défunte, deux dates.

— Vous venez souvent ? demanda Véronique.

— Chaque semaine. Elle me manque terriblement, vous savez.

— Je comprends ce que vous ressentez.

Véronique avisa la sépulture voisine. Elle tressaillit : des Bergeret aussi. Le caveau de famille vu la taille. Un nom au bas de la liste : Léonard Bergeret. Elle regarda mieux, pas sûre d'avoir bien vu. Nicole avait conscience de sa perplexité.

— C'est votre mari ?

— Qui voulez-vous que ce soit d'autre ?

S'installa un silence pesant, encore plus lugubre dans le vent qui avait forci.

— Vous vous demandez sans doute pourquoi le père et la fille ne sont pas inhumés ensemble ?

— Non… Enfin, ça paraît un peu bizarre en effet. Un manque de place ?

— Je m'étais pourtant promis de ne plus vous livrer aucun secret.

— Vous n'êtes pas obligée.

— Sans doute. Peut-être ai-je tout simplement envie de parler de Mathilde maintenant qu'elle n'est plus là, et je n'ai plus que vous pour m'écouter.

Elle se dirigea lentement vers un banc installé dans un espace circulaire au carrefour des allées principales.

XXII

— Mathilde a toujours connu une existence difficile. Elle n'est jamais parvenue à trouver sa place, sauf peut-être dans la musique, avec son équipe de marginaux, et encore, je n'en suis pas convaincue.

— Vous étiez pourtant une famille aisée, en mesure de lui offrir tout ce qu'elle désirait.

— Sans doute, oui, mais cela ne lui suffisait pas. C'était sur le plan de la tendresse que ça n'allait pas. Elle était née prématurée, un miracle d'avoir survécu. Son père était médecin, c'est lui qui l'a sauvée. Mathilde le savait. Au lieu de lui en être reconnaissante, elle lui en voulait de ne pas l'avoir laissée mourir. Une sorte d'instinct d'autodestruction depuis qu'elle était en mesure de réfléchir.

— Une propension au suicide ?

— Vous vous demandez si elle ne s'est pas jetée volontairement devant votre voiture cette nuit-là, n'est-ce pas ? J'y ai pensé moi aussi, et ce n'est pas impossible. Elle partait comme ça pour de longues balades solitaires, aussi bien de jour que de nuit. Quand je m'en étonnais, elle ne répondait pas. Elle ne savait pas, elle avait oublié.

— Pourquoi vous n'avez pas fait état aux enquêteurs de cet aspect de sa personnalité ? Cela m'aurait évité d'avoir…

— Il y a certaines confidences qu'une mère n'est pas autorisée à divulguer.

Elle soupira.

— Une mère n'a pas le droit de salir sa fille, à plus forte raison quand elle n'est plus là pour se défendre. C'est une chose que vous pouvez comprendre ?

— Je pense... Mais si j'avais été condamnée plus sévèrement ?

— Peut-être alors me serais-je décidée à parler. Je ne sais pas... Je n'en suis pas sûre.

Nicole Bergeret sombra dans une profonde méditation. Véronique sentait qu'elle n'en avait pas fini. Au bout de quelques secondes, elle sortit de sa torpeur.

— Si j'ai accepté de vous recevoir, c'est sans doute en partie de me sentir coupable de m'être tue pendant le procès. Je vous en voulais et en même temps, j'éprouvais pour vous une sincère compassion, parce que je ne pouvais affirmer que vous étiez entièrement responsable.

Intriguée d'une confession aussi inattendue, Véronique sentait un immense soulagement l'envahir. La voix reprit, monocorde, comme le goutte-à-goutte d'une source secrète.

— Mathilde a vécu une enfance douloureuse. Elle a traversé sa période de scarification, pour provoquer son père, sans doute du fait qu'il était médecin. Une façon de le narguer en refusant qu'il la soigne. Elle en voulait d'ailleurs à tout le corps médical. S'est ensuivie bien sûr une crise d'anorexie, toujours par opposition au monde qui l'entourait.

— Et l'école ?

— Ah... L'école... Mathilde possédait des capacités hors du commun, mais s'en servir aurait été un déshonneur. Elle n'a jamais rien fichu, une élève récalcitrante qui donnait du fil à retordre à ses enseignants, surtout au collège. Au lycée, ce n'était pas mieux. Ses professeurs ne comprenaient pas. Pour eux, il était inexplicable qu'une enfant d'un milieu favorisé manifeste un comportement aussi rebelle.

Des visiteurs déambulaient dans les allées du cimetière. Ils regardaient en coin ces deux élégantes plongées dans une discussion aussi intense.

— Vous avez dû souffrir? avança maladroitement Véronique.

— Ce serait peu dire. Et pourtant, nous n'avions pas encore vécu le plus terrible.

Nicole se lissa le visage entre ses mains.

— À 15 ans, Mathilde a développé une attitude totalement radicale à l'égard de son père. Autant elle le haïssait, autant elle s'est mise à le cajoler du jour au lendemain. On aurait cru qu'elle se rattrapait de sa froideur. Bien sûr, Léonard était ravi, mais quelque chose clochait dans cette tendresse excessive. Nous en avions discuté, moi non plus je ne comprenais pas. Nous étions quand même soulagés, jusqu'au moment où nous avons constaté qu'elle avait transféré son animosité sur moi. Elle et moi, nous n'avions jamais été vraiment complices, mais elle semblait m'en vouloir à mort, comme si elle me jalousait d'être l'épouse de l'homme pour lequel elle affichait une affection aveugle.

Elle avait de plus en plus de mal à s'épancher, à trouver ses mots. Ses longues mains osseuses se crispaient sur ses genoux, faisant crisser la soie de son pantalon.

— Mathilde avait trouvé une façon encore plus odieuse de nous faire souffrir, la preuve qu'elle était diablement intelligente. Elle prétendait que son père la désirait.

Véronique eut un haut-le-corps, se demandant si cette femme n'était pas à son tour en train de fantasmer. Pourtant, elle paraissait parfaitement lucide.

— Vous les avez surpris?

— Non. Je pense même que Léonard n'a pas succombé à ses avances.

— C'est lui qui vous en a parlé ?

— Non plus… C'est Mathilde, la veille de l'accident.

Elle soupira une nouvelle fois.

— Enfin… Si c'était un accident.

Véronique ne comprenait plus rien. Son interlocutrice lui adressa un sourire douloureux.

— Mathilde n'avait pas peur de mourir. Elle le souhaitait même secrètement. Ce soir-là, elle s'est ouvert les veines, j'étais là, son père était absent. Ce n'était pas par hasard qu'elle avait choisi ce soir-là pour ce qui n'était qu'un simulacre de suicide. Elle s'est arrangée pour que je la découvre avant d'avoir perdu trop de sang.

— Comment ?

— Elle avait laissé la porte de sa chambre ouverte. Elle gémissait, elle parlait toute seule, assez fort pour que je l'entende. Bien sûr, je suis allée voir. Quand je l'ai découverte, j'ai failli devenir folle. J'ai essayé d'endiguer l'hémorragie. J'ai pris mon véhicule et je l'ai conduite aux urgences. Pendant le trajet, je lui ai demandé pourquoi elle avait fait ça. Curieusement, alors qu'elle me battait froid depuis des mois, elle s'est mise à me parler, comme si elle éprouvait soudain le besoin de se confier. C'est là qu'elle m'a annoncé que son père entretenait une relation incestueuse avec elle.

— Vous l'avez crue ?

— J'étais trop paniquée pour savoir si elle mentait ou me disait la vérité. Elle m'affirmait ces horreurs avec des détails et une véhémence qui paraissaient sincères. Il l'avait forcée à plusieurs reprises quand je n'étais pas là, disait-elle, il la rejoignait dans sa chambre pendant que je dormais. Cela faisait longtemps qu'elle éprouvait le besoin de m'en parler, mais elle ne trouvait pas la force de libérer sa conscience. C'est pour ça qu'elle ne m'approchait plus, parce qu'elle avait honte de ce qu'elle faisait en cachette avec son père. Elle avait honte, oui… affirmait-elle avec une voix chargée de sanglots et qui me faisait pleurer moi aussi. Elle se sentait sale, elle voulait que ça cesse et elle ne savait comment s'y prendre. Alors elle avait préféré mourir.

— Peut-être disait-elle la vérité ?

— Je ne savais pas. Je ne sais pas aujourd'hui encore. Ils l'ont gardée aux urgences pour la nuit. Je n'étais pas parvenue à joindre Léonard qui était en consultation. Quand je suis rentrée, il était là, je lui ai expliqué la situation, je lui ai fait état des graves accusations que sa fille proférait à son encontre…

— Et alors ?

— Il est tombé des nues. Il m'a bien sûr assuré que tout cela était faux. C'est terrible à dire, mais je n'arrivais pas à être complètement convaincue qu'il me disait la vérité. Le doute est une chose affreuse. Mathilde était quand même ma fille, mon instinct maternel me disait de ne pas balayer ses confidences sans avoir pris le temps de réfléchir, qu'il était de mon devoir de la protéger si elle disait vrai. J'ai passé une nuit atroce, mon mari aussi. Était-il bouleversé que son petit jeu ait été découvert ou que sa fille ait eu l'aplomb d'échafauder un plan aussi machiavélique uniquement afin de lui faire du mal ?

— Vous n'aviez pas confiance en votre mari ?

— Le fait que Mathilde ait tenté de se suicider m'inclinait à prêter foi à ses allégations. Mais Léo avait toujours été un homme droit, intègre dans son métier, il n'avait jamais eu d'histoires de ce genre-là. Le lendemain matin, il m'a annoncé qu'il allait la chercher, il était temps d'avoir une petite discussion avec elle, de mettre les choses au point. Je lui ai proposé de l'accompagner, il a refusé. Ça devait se passer en tête-à-tête. Je n'aurais jamais dû le laisser partir seul.

— C'est en revenant qu'ils ont eu un accident ?

— Oui, à mi-trajet. Quelques semaines plus tard, j'ai demandé à Mathilde si ce qu'elle m'avait dit au sujet de son père était vrai. Elle m'a répondu sèchement que c'était une affaire classée, elle s'était vengée toute seule. J'étais horrifiée. Je l'ai sommée de s'expliquer. Dans la voiture, son père lui aurait ordonné de revenir sur ses accusations, sinon notre ménage serait détruit et elle serait placée dans un foyer d'accueil. Il l'aurait même menacée. Alors elle a empoigné le volant et elle a expédié la voiture dans le décor. La suite, vous la connaissez. C'était en pleine ligne droite, son père roulait vite, il n'a pas eu le temps de réagir. Un arbre de plein fouet, Léo a été tué sur le coup. Alors qu'elle souhaitait sans doute mourir elle aussi, Mathilde n'était même pas blessée.

Véronique était atterrée.

— Voilà, vous vouliez mieux connaître la jeune femme que vous avez tuée.

— Vous n'avez rien dit à personne ?

— À qui voulez-vous ? À la police ? Je n'étais sûre de rien. Qui de mon mari ou de ma fille m'avait menti ? Devais-je salir la mémoire de l'homme que j'avais toujours aimé si ma fille avait dit vrai ou me résigner à la faire soigner mentalement si elle avait fantasmé sur toute la ligne ?

— Et ensuite ?

— C'est une situation terrible de vivre quotidiennement dans la suspicion, mais on finit par s'y habituer. Mathilde était toujours aussi fuyante, imprévisible. Plus jamais elle ne s'est confiée à moi. Maintenant, je ne saurai jamais la vérité.

XXIII

Alban eut aussitôt conscience de l'exaltation de son épouse. Ses efforts afin de paraître naturelle étaient trop manifestes. Son regard pétillait d'un éclat qu'il ne lui avait pas connu depuis longtemps.

— Le programme d'aujourd'hui ? demanda-t-il d'un ton enjoué.

— Tu as oublié ? Je t'ai dit que j'allais sur la tombe de notre fille.

— C'est la visite que tu lui as rendue qui te met dans cet état ?

— Je ne comprends pas. Quel état ?

— Tu as l'air… Je ne sais pas… Énervée, de bonne humeur… Enfin… Pas dans ton état normal.

Alors qu'elle s'était promis de ne pas lui dévoiler la rencontre de l'après-midi, Véronique commit une maladresse.

— J'ai découvert une chose assez surprenante.

— Les cimetières réservent des surprises ? Tiens donc, je ne savais pas.

Elle regrettait déjà d'avoir parlé sans réfléchir, mais après tout, elle n'avait rien commis de répréhensible.

— Figure-toi que Mathilde Bergeret est inhumée dans le même cimetière que notre fille ?

— Mathilde Bergeret ?

— Ben oui, la fille que j'aurais renversée et qui m'a valu de la tôle avec sursis.

— Oui, bien sûr… Elle est enterrée là-bas, elle aussi ? Comment tu as découvert sa tombe ? Tu as fait le tour des allées ?

Véronique commit alors sa seconde maladresse.

— Non, c'est sa mère…

Elle prit conscience de s'être fourvoyée, mais il était trop tard.

— Sa mère ?

— Oui, Mme Bergeret.

— Tu la connais, ou c'est elle qui te connaissait, peut-être ?

De nouveau, l'enfant face à l'adulte, prise en flagrant délit les doigts dans le pot de confiture, mais elle n'avait plus la force de se dérober.

— Je ne te l'ai pas dit, mais je suis passée la voir l'autre jour.

Alban secoua la tête d'un air désespéré. Sacrée tête de mule ! Il avait vu juste.

— Le jour où tu es allée au cinéma voir un film que tu n'as pas vu parce que tu t'es endormie dès le début de la séance ?

— Tu ne voulais pas que je la rencontre, mais j'avais besoin de découvrir qui était celle que je suis supposée avoir renversée.

— Tu es folle. Ou tu es en train de le devenir. Combien de fois faudra-t-il t'expliquer que tu n'as pas à importuner cette pauvre mère ? Tu lui as fait assez de mal comme cela.

— Je ne lui ai pas fait de mal en la rencontrant. Je crois même au contraire que ça lui a fait du bien de me parler de sa fille.

— Qu'est-ce qu'elle t'a raconté ?

Véronique ne commit pas une troisième bévue. Elle avait promis à Nicole Bergeret de ne rien révéler de ses confidences.

— Rien de particulier. Si, quand même. Elle était chanteuse dans un groupe de rock, les Anges de la nuit, ou… Non, des ténèbres, c'est ça les Anges des ténèbres. Tu étais au courant ?

— Comment veux-tu que je sois au courant d'une bêtise pareille ? Je te l'ai dit, j'ai autre chose à faire que de me complaire dans le people à deux balles. Et puis, à quoi cela m'avancerait de m'intéresser à la pauvre fille que ma femme a écrasée en croyant que c'était un chien ?

— C'était une jeune fille compliquée, à en croire sa mère. Elle n'a pas voulu m'en dire trop, mais Mathilde avait une vie… tumultueuse…

— Ah bon ? Finalement, tu as peut-être bien fait de lui régler son compte.

— Tu racontes n'importe quoi. Qu'elle soit en quête d'aventures avec des mecs expliquerait en partie qu'elle se baladait seule, dans la nuit, en pleine campagne, c'est tout. Sa mère ne savait pas non plus ce qu'elle fichait dehors à cette heure-là.

— Ça y est ? Tu as fini ? Tu ne crois pas que c'est plutôt déplacé de t'entendre noircir la mémoire de la malheureuse qui est passée sous les roues de *ta* voiture ?

Véronique prit conscience qu'il valait mieux en effet couper court.

— Et toi ? Comment ça va à la maternité ? Tu ne m'en parles jamais.

— Je n'ai pas la cruauté de te parler du service dont tu as été virée.

— Je me suis fait une raison. Depuis quelque temps, ça va mieux. N'oublie pas que tu m'as promis de m'aider à retrouver du boulot dans une clinique privée. À moins que la direction du CHU ait la bonté de me réintégrer. Tu as des nouvelles ?

— Il vaut mieux attendre. Si tu travaillais sous ma direction, j'aurais l'impression de devoir toujours te défendre.

— Tu n'as plus confiance dans mes capacités ?

Il ébaucha une moue éloquente.

— Il est vrai que tu serais obligée de refaire tes preuves par rapport à l'ensemble du service. Si je ne te parle pas de la maternité, c'est qu'il ne s'y passe rien de vraiment exceptionnel. Quoique… On a eu des triplés la semaine dernière, un accouchement difficile, mais l'équipe s'en est bien tirée.

C'était la fin du dîner. Alban bâilla à s'en décrocher la mâchoire.

— Je crois bien que je vais aller me coucher.

— Tu ne veux pas un petit whisky avant ?

Le regard d'Alban s'alluma.

— Tu as remis ça ? Je me demandais aussi combien de temps tu allais tenir.

— Non, non… Je veux bien t'accompagner, mais ce sera avec un grand verre de jus de fruits.

Alban hocha la tête. Il se fendit d'un effort d'amabilité :

— Attends, je vais te chercher de quoi te désaltérer.

Véronique gardait les yeux grand ouverts. Épuisée, elle savait pourtant qu'il était vain de chercher refuge dans le sommeil. Elle doutait à présent d'avoir réellement vécu la rencontre avec la mère de Mathilde Bergeret. N'avait-elle pas rêvé ces révélations aussi terribles de la part d'une femme qu'elle avait plongée dans le malheur ? Celle-ci devait se trouver dans une détresse extrême pour dresser un portrait aussi noir de sa propre fille.

Véronique laissa ses paupières s'abaisser lentement. Aussitôt, son cerveau s'embrasa comme un feu d'artifice au 14 Juillet. Une silhouette tout de noir vêtue courait dans ses phares. Les pinceaux lumineux perçaient à peine la nébulosité du brouillard, mais elle la voyait cependant distinctement. Elle freinait, elle essayait de l'éviter, mais les freins ne répondaient pas et le volant refusait de tourner. Elle criait à Mathilde de s'écarter, de sauter dans le fossé, mais la jeune femme ne l'entendait pas. Soudain, la malheureuse faisait face au véhicule. Sur son visage se dessinait un sourire sardonique, tandis qu'elle écartait les bras afin de mieux livrer son corps à la collision maintenant inévitable.

— Vas-y, salope ! Écrase-moi, puisque je suis ta fille. Mathilde et Mathilde, tu n'as pas encore compris que nous ne faisons qu'une seule et même personne ? Quand elle est morte, *ta* Mathilde est venue frapper à ma porte, puisque t'avais même pas été foutue de t'occuper d'elle. Alors je l'ai laissée entrer en moi.

Véronique hurlait qu'elle ne voulait pas, mais la distance se résorbait de façon inéluctable. La silhouette, dont elle ne distinguait plus le visage, chancelait, se ramassait comme un pantin et tombait à genoux. Puis un choc mat, sans même la réalité temporelle d'une fraction de seconde. Le corps désarticulé voltigeait sur le bas-côté.

Les freins couinaient enfin sous le pied de Véronique. La Clio chassait avant de s'immobiliser. Elle ouvrait sa portière à la volée, se précipitait. Le corps gisait dans les hautes herbes de la berme. Véronique hésita, ralentit sa course. Ce n'était plus une jeune femme, mais une adolescente. L'illumination atroce, Mathilde, sa fille, ainsi que l'avait insinué Alban !

Véronique se laissa tomber à genoux, Mathilde respirait encore. La mère souleva son buste, serra sa tête dans son giron.

— Là… Ne bouge pas. Ça va aller.

Les yeux évanescents tentaient de la fixer, mais les pupilles devenaient floues.

— Pourquoi tu mens, maman ? Tu sais bien que je vais mourir, mais tu vas me laisser crever dans le fossé, et je te connais, tu diras que c'était un chien, parce que tu as trop bu et que tu as peur d'avoir des ennuis avec les flics.

Véronique émergea en sursaut du cauchemar. L'hallucination la poursuivait dans sa semi-conscience avec une précision redoutable. Elle se redressa dans son lit. Son cœur se démenait comme un forcené, le sang lui affluait aux tempes, et chaque pulsation allumait des fulgurances atroces dans ses méninges. Le souffle court elle tenta de se lever afin d'ôter la chemise de nuit qui lui collait à la peau. Elle glissa ses jambes hors du lit, mais la chambre se mit aussitôt à chavirer. Alban avait raison, elle était loin d'être guérie.

XXIV

Véronique ne s'endormit qu'à une heure avancée de la nuit. Au petit jour, elle se réveilla avec une migraine carabinée, comme au plus fort de ses naufrages éthyliques. La tempête paraissait calmée, laissant derrière elle des méninges en lambeaux, comme un ciel de traîne. Échappant à sa volonté, dans son esprit s'agitaient encore les images horribles de la nuit. Des cauchemars, elle en avait pourtant fait depuis ce stupide accident ! Mais jamais d'une telle violence, avec des flashes d'une telle acuité. Alban était parti, sans faire de bruit comme à son habitude, elle lui sut gré de ne pas devoir lui présenter son visage bouffi. Elle se doucha, enfila son peignoir et passa dans la cuisine afin de se préparer un petit déjeuner.

Surprise ! La vaisselle de la veille séchait sur l'évier. Alban s'était certainement levé de bonne heure, mais quand même… Véronique s'efforçait de réfléchir, se demandant ce qui lui valait une telle sollicitude, mais elle était encore trop dévastée par ses hallucinations pour parvenir à mettre de l'ordre dans ses idées. Tout au plus se dit-elle qu'il devait en avoir assez de vivre avec une épouse aussi lunatique, qu'il était urgent qu'elle se ressaisisse avant que leur couple ne soit irrécupérable, puisqu'il paraissait y mettre du sien.

Une nouvelle journée désœuvrée. Privée de permis, elle ne pouvait se permettre de faire appel à un taxi tous les jours. Question de principe de ne pas dépendre de son époux, bien que le salaire du gynéco le permette largement. Question d'honneur aussi, même si elle n'avait jamais été du genre militante féministe.

Véronique n'avait rien d'autre à faire que de s'occuper de sa petite personne. Un bain moussant prolongé, elle se maquilla, histoire de ne pas se laisser aller, alors qu'elle ne croiserait personne de la journée, hormis son mari à la nuit tombée, et qui ne se soucierait pas du minois de sa chère et tendre. Elle n'émergea de la salle de bains qu'à 11 heures. Elle s'attela au ménage, la corvée qu'elle détestait par-dessus tout. À plusieurs reprises, elle avait pensé s'allouer les services d'une employée. Maintenant, ce n'était plus à l'ordre du jour.

La tête lui tournait toujours alors qu'elle n'avait jamais été sujette aux vertiges. Sans doute le contrecoup de toutes ses émotions, mais pourquoi si longtemps après ? Alors qu'elle avait le sentiment d'émerger enfin des bas-fonds où elle s'était égarée… Il lui fallait bouger, prendre l'air, se libérer de la chape écrasante du logis avant de devenir folle. Elle enfila sa tenue de jogging.

Après la cour en façade, une route étroite plongeait sur la gauche avant de remonter presque aussitôt et de rejoindre l'axe perpendiculaire qui sur la droite serpentait vers Angers. En face se dressait une grille. Au fond du parc se dessinait une riche gentilhommière.

Partie à fond, Véronique eut du mal à gravir le raidillon. Un point de côté, la poitrine qui brinquebalait malgré le soutien-gorge renforcé, des fesses de cent kilos, le souffle court, elle n'eut d'autre choix que de marcher en respirant à fond.

L'exercice physique lui fit cependant du bien. Dans sa pauvre tête, ça cessait de jouer au flipper. Véronique Quinet en profita pour s'efforcer de faire le point. Elle avait du mal à croire que sa quête était terminée. Une intuition profonde la persuadait qu'il restait une alvéole secrète, inconnue même de sa mère et de ses musiciens au look gothique.

Cette histoire d'inceste intriguait Véronique. Ce père détruit par sa fille aussi sûrement que d'une balle en plein front. De tels faits divers garnissaient les rubriques de la presse à scandale, souvent de pures affabulations. Perverse de naissance aurait été Mathilde, avait laissé entendre la mère. Plutôt racornie à force d'événements douloureux imposés par une ambiance familiale surannée, pensait Véronique.

Ces questions seraient restées en suspens si elle n'avait reçu un appel téléphonique quelques jours plus tard. C'était un matin. Elle avait mal dormi, à nouveau victime d'hallucinations qui lui faisaient craindre de sombrer dans la démence. Levée à l'aube, elle récupérait dans le canapé du grand salon. Sans parvenir à évacuer ses idées noires. Plus envie de bouger, plus aucune énergie. La dépression la guettait si elle ne retrouvait pas au plus vite un emploi. Alban ne s'était pas encore décidé à en parler à la maternité, même s'il manifestait des efforts évidents d'amabilité. Il devait avoir conscience que ces derniers temps, elle était de nouveau fragilisée.

Véronique reconnut aussitôt la voix : Nicole Bergeret. Elle se sentit envahie par un regain d'espoir.

— Je ne vous ai pas tout dit. Ce serait bien de repasser à la maison. Si cela ne vous dérange pas, bien entendu.

Véronique se pressa de répondre qu'elle était enchantée.

— Vous devez me trouver folle, n'est-ce pas ?

— Pas du tout. Vous ne pouvez savoir comme je me sens soulagée que vous ne m'en vouliez plus.

— Je devrais pourtant, mais Mathilde avait tellement le chic de se mettre dans des situations impossibles… Je vous expliquerai. Demain après-midi ?

— Ce sera très bien.

XXV

Elles restèrent silencieuses un long moment, se regardant sans paraître se voir, d'être chacune réfugiée dans ses pensées. Véronique Quinet n'était pas à l'initiative de la rencontre, il ne lui incombait pas de prendre la parole. D'autant plus que l'agitaient encore des fantômes hallucinatoires. Le sentiment trouble d'être à la quête de sa propre fille.

Nicole Bergeret n'était plus la même femme. Le vernis s'était écaillé, laissant transparaître la détresse endiguée depuis si longtemps. Puis d'entre ses lèvres sèches filtra un murmure presque inaudible.

— Après la mort de son père, Mathilde n'a plus jamais été la même, elle paraissait devenue soudain adulte. J'étais désormais pour elle une étrangère.

— Elle avait vécu une épreuve terrible.

— Sans doute, mais c'était elle qui avait provoqué la situation. Et le scénario s'est répété.

Nicole Bergeret se tenait à l'affût d'une Mathilde de plus en plus impénétrable. L'écorchée vive s'était forgé une carapace à toute épreuve. Contrainte par son défunt père à une vie qui lui pesait, sa haine à l'encontre du corps médical s'était encore exacerbée.

Deux ans plus tard, la mère découvrait qu'elle fréquentait un homme plus âgé. Par hasard. Une carte de visite oubliée dans sa poche, parce que la rockeuse « émancipée » n'était pas fichue de s'occuper de son linge, ni même de se frire un œuf. Un kiné. Comment l'avait-elle rencontré ? Pressée de répondre, elle avait refusé de s'en ouvrir. Nicole avait cru de son devoir de la mettre en garde. Mathilde avait ri : elle n'était plus une oie blanche, elle savait ce qu'elle faisait ! De toute façon, c'était juste un flirt, elle n'était pas amoureuse de lui.

— Tu n'as que 17 ans…

— Et alors ?

— Il n'est quand même pas marié ?

— Si, bien sûr. Qu'est-ce que ça change ?

Interloquée, Mme Bergeret avait compris que son adolescente se complaisait dans les situations dangereuses. Que la vie *normale* ne présentait guère d'attrait à ses yeux.

— Tu es consciente du risque que tu cours si son épouse l'apprend ?

— Réfléchis un peu ! Je suis mineure, si le pot-aux-roses est découvert, sa femme va demander le divorce. Un pédophile, c'est lui qui ira en tôle.

Elle riait, des éclairs pleins les yeux. La pauvre mère était catastrophée…

— Qu'est-ce que tu cherches avec un homme comme ça ?

— Rien, je m'amuse, c'est tout. Si, quand même, il est bourré de fric, comme tous les toubibs qui obligent les gens à vivre, même ceux qui n'en ont plus envie. Quand on veut se taper une petite jeunette, il faut payer la facture, sinon, c'est les flics et tout le bazar.

Quel crédit apporter aux allégations d'une pareille illuminée ? Nicole la savait capable de fantasmer pour le seul plaisir de la faire enrager. Mais si c'était vrai, cela signifiait que sa fille se livrait à un jeu pour le moins douteux, qui relevait d'une forme de prostitution.

— Vous n'avez pas essayé de mettre le holà ?

— Si, bien sûr. Mais je n'avais plus aucune prise sur elle.

— Vous auriez pu... porter plainte.

— Prévenir la police, c'était incriminer ma fille, et quoi qu'elle ait pu faire, je restais quand même sa mère.

— Vous n'avez pas cherché à rencontrer cet homme, afin de lui faire entendre raison ?

— Si j'avais été certaine que Mathilde n'affabulait pas, je m'y serais sans doute risquée, mais je n'étais plus sûre de rien. Je me demandais si elle n'avait pas reversé sur moi la haine qu'elle vouait à son père et qu'elle ne cherchait pas tout simplement à me faire enrager.

— Elle en était capable ?

— Oh oui... Mais je n'arrivais pas à le savoir.

— Comment s'est terminée cette liaison ?

— Elle ne m'en a plus jamais parlé. C'est un sujet que j'ai évité d'aborder par la suite. La politique de l'autruche. De la lâcheté, ni plus ni moins.

Véronique la fixait.

— Je vous fais pitié, n'est-ce pas ?

— J'avoue avoir du mal à vous comprendre.

— Parce que vous ne connaissiez pas Mathilde. Je vivais avec elle en permanence sur la corde raide. Tout le temps peur qu'elle fasse des bêtises. Elle aurait filé si nos rapports s'étaient envenimés.

— Elle a eu d'autres aventures du même genre par la suite ?

— Pas à ma connaissance, mais je ne pourrais jurer de rien.

Véronique se souvenait des confidences des quatre musiciens. Les propos de la mère abondaient dans leur sens.

Celle-ci avait-elle tout dit ? Véronique attendait. Nicole hésitait.

— Pour être franche avec vous, je ne vous ai pas fait venir uniquement pour vous parler de Mathilde. J'aurais besoin aussi de votre aide.

Véronique acquiesça d'un hochement de tête. Par moments, elle avait encore du mal à fixer ses idées. Une alternance d'ombres et de lumières qui lui brouillait l'esprit.

— Vous aider comment ? bredouilla-t-elle.

— D'avoir discuté avec vous, j'ai compris combien j'étais passée à côté de ma fille. J'ai démissionné trop vite, trop tôt. J'aurais dû lui imposer un minimum de règles quand elle était encore assez jeune pour se plier à ma volonté.

Mme Bergeret déglutit sa salive avec peine.

— Vous reprendrez un peu de thé ?

— Volontiers. En quoi puis-je vous être utile maintenant que Mathilde n'est plus là ?

— Vous allez me trouver idiote, mais j'aimerais savoir jusqu'où elle est allée avec l'homme dont je viens de vous parler.

— Le kiné ?

— Oui. Ma fille est morte, mais j'ai besoin de sauver l'image que j'ai conservée d'elle. Je suis sûre maintenant qu'elle était profondément malheureuse et qu'elle n'avait personne à qui se confier.

— Vous avez rencontré les jeunes gens avec qui elle faisait de la musique ?

— Non. Ils m'effraient, ceux-là.

— Si je comprends bien, vous souhaiteriez que je me renseigne sur cet homme.

— Juste pour en avoir le cœur net. J'ai conservé ses coordonnées sans que Mathilde soit au courant.

Elle avait prévu l'aboutissement de leur discussion.

— Tenez.

Un petit rectangle de bristol, une adresse.

— Je vais voir ce que je peux faire. J'aurais une faveur à vous demander. Vous pourriez me confier une photo de votre fille ?

— Que comptez-vous en faire ?

— Rien de particulier. Juste pour me souvenir de son visage quand je me sens trop malheureuse d'avoir été responsable de sa mort.

Nicole Bergeret fouilla dans un tiroir et en sortit le cliché demandé.

XXVI

La nuque du chauffeur du taxi s'enflait puis se relâchait à chaque hochement de tête dont il ponctuait la conversation qu'il s'efforçait d'engager. En vain, Véronique avait le sentiment de planer en-dehors du véhicule. Michel Liffré, kinésithérapeute, les mots dansaient dans son esprit. Voilà que la mère de la victime confiait au meurtrier le rôle du détective ! Lui demandait en fait de ressusciter la fille qu'elle avait tuée. Le monde à l'envers. Mais elle-même avait besoin de savoir, d'aller au bout de la démarche qu'elle avait enclenchée. Demain, plus tard… Le moment venu, quand elle aurait les idées un peu plus claires.

— Je vous dépose là ?

Véronique sursauta. Le chauffeur pivota tant bien que mal malgré son embonpoint. Son large sourire dévoila les dents jaunâtres d'un fumeur invétéré. De ses vêtements exhalaient des remugles de tabac. Véronique se secoua afin d'émerger du brouillard où elle était plongée depuis quelques jours.

— On est arrivés ?

— Faut croire. Je vous ai réveillée ?

— Non, non. Je suis fatiguée, je rêvais.

— C'est bien de rêver. Ça permet d'oublier la réalité, philosopha-t-il d'un ton pathétique. Vous ne conduisez pas ?

— Si. Enfin… Pas actuellement.

Le sourire se fit narquois.

— Des ennuis avec les flics ?

— Qu'est-ce que vous allez chercher ? Non. C'est un choix personnel. Quand je suis fatiguée, je préfère m'abstenir de prendre le volant.

— Vous avez bien raison ! Moi aussi j'aimerais de temps en temps m'asseoir sur le siège passager, mais je n'ai pas le choix. Faut bien gagner sa croûte.

Véronique s'empressa de régler le prix de la course. Le conducteur fit semblant de fouiller dans sa poche afin d'y dénicher la monnaie.

— Vous avez une chouette baraque…

Sous-entendu, vous avez les moyens de me laisser un pourboire.

— Laissez.

Il n'insista pas.

Un coup de klaxon. Alban demandait qu'on lui libère le passage.

— C'est votre mari ?

— Non, mon jardinier, fit Véronique en claquant la portière.

Le taxi s'éloigna. Alban gara son véhicule à sa place habituelle. Véronique était prise de court. Fragilisée en quelques secondes, elle se tenait gauchement devant la porte d'entrée.

— Tu as perdu tes clefs ?

— Non.

— Alors, qu'est-ce que tu attends ?

— Rien, je ne sais pas. Je…

Elle explora le contenu de son sac, où le trousseau prenait un malin plaisir à se cacher. Alban avait déjà trouvé les siennes.

— Pousse-toi.

Il ouvrit. Se débarrassa de son blouson dans le renfoncement qui servait de vestiaire.

— Tu es allée *encore* te balader.

— Oui, j'ai fait les boutiques à Angers.

— C'était fermé ?

— Non, pourquoi ?

— Je ne vois pas où tu as mis les paquets.

— Je n'ai rien acheté.

Il poussa ce petit sifflotement qui avait le don de l'agacer.

— Tu es en progrès, ma chère. Serais-tu en train de devenir raisonnable ?

— Je n'ai besoin de rien. C'était juste histoire de me changer les idées.

— Tu es toujours… perturbée ?

Véronique se déroba vers la cuisine. Il la suivit. Lui reposa la question, en d'autres termes.

— Par moments… Mais globalement, ça va mieux.

— Tu as revu cette femme ?

Elle aurait dû demander quelle femme, elle n'en eut pas la présence d'esprit. Elle hésita à mentir. Se retint à la dernière seconde de révéler la vérité. Non, elle ne l'avait pas revue.

Alban semblait d'humeur enjouée.

— On a eu des jumeaux aujourd'hui. Enfin, pas des vrais jumeaux puisqu'il y avait un garçon et une fille. Mais hormis la quéquette et la tirelire, je crois bien qu'ils vont se ressembler comme deux gouttes d'eau.

Il s'installa dans le fauteuil, après avoir posé ostensiblement la bouteille de whisky sur la table basse.

— C'est curieux, tu ne trouves pas, cette expression « se ressembler comme deux gouttes d'eau » ?

— Je t'avoue ne m'être jamais posé la question.

— Pourquoi on ne dirait pas… je ne sais pas moi… comme deux larmes de whisky ? Ce serait déjà plus imagé, sinon plus poétique. Ou comme deux grains de blé.

Se moquait-il ?

— Tu ne bois toujours rien ? Tu sais, ce n'est pas une gorgée de whisky qui pourrait te faire basculer. C'est même quand tu auras la force de caractère de te permettre quelques écarts que tu pourras considérer être débarrassée de ton vice.

— Je sais tout ça aussi bien que toi, mais je n'ai pas envie d'alcool, c'est tout.

— C'était juste histoire de trinquer ensemble, de recommencer à vivre normalement. Tu veux que j'aille te chercher quelque chose d'autre ?

— Ne te dérange pas. C'est toi qui as le droit d'être fatigué, puisque tu *travailles*.

Ce n'était même pas de l'ironie, elle n'en avait plus la force. Il haussa les épaules en reposant son verre.

— Arrête de te faire des complexes. Tu sais bien que ce n'est qu'une situation passagère. Quand tu seras totalement rétablie, tu vas reprendre le boulot, et toute cette misère ne sera plus qu'un mauvais souvenir.

— Je vais préparer le dîner. Qu'est-ce que tu veux manger ?

— Je n'ai pas très faim. Ce midi, j'ai déjeuné à la cafét' de l'hôpital. Il y a quelque chose qui n'est pas passé. On bouffe de plus en plus mal.

— Il faudra que j'aille faire les courses. À force de puiser dans le congélateur, il va bientôt être vide.

Une conversation d'une banalité affligeante, l'art de jouer à faire semblant d'être un couple ordinaire. Elle se coucha de bonne heure, plus épuisée qu'après une journée entière à la maternité, après avoir ingurgité deux cachets. Des anxiolytiques apportés par Alban, un médicament qu'elle ne connaissait pas.

Ce fut une nuit copie conforme aux précédentes. Un sommeil immédiat d'une profondeur de ténèbres, mais dont émergeaient aussitôt des silhouettes hallucinées. Elle en sortait complètement abrutie, avec l'angoisse tangible que les deux Mathilde se trouvaient dans sa chambre, à côté de son lit, afin toutes deux de lui réclamer des comptes.

XXVII

Sur la carte de visite de Michel Liffré était indiquée l'adresse de son cabinet. Véronique était stupéfaite que Nicole Bergeret n'ait pas eu la curiosité de venir vérifier à quoi ressemblait le type qui tournait autour de sa fille. À en juger les plaques qui luisaient sur la façade, c'était un immeuble à vocation médicale. Elle chercha le nom du kiné. Il y en avait bien un, mais c'était un certain Jacques-Henri Noyon. Elle revérifia l'adresse, fut sur le point de rebrousser chemin. Elle décida cependant d'en avoir le cœur net. Troisième étage. Elle pressa la touche de l'interphone. Aussitôt s'ouvrit la porte vitrée. Apparemment, il n'y avait pas d'ascenseur. De monter les marches lui permit de préparer son entrée en matière. Prétexter une consultation la mettrait dans une situation délicate si le spécialiste acceptait par miracle de s'occuper d'elle tout de suite. Une ancienne amie… Pourquoi pas ?

La secrétaire, dans le minuscule bureau à côté de la salle d'attente, était une jeune femme plutôt mignonne, un peu boulotte, avec des joues replètes qui lui conféraient un petit air rigolo.

— Le docteur Liffré ? Vous êtes sûre de ne pas faire erreur ?

— C'est l'adresse qu'on m'a donnée.

— Qui donc ?

— Des patients qu'il avait soulagés.

— Eh ben, ça alors ! Ils avaient bonne mémoire.

— Je ne comprends pas.

— Le docteur Liffré est décédé, il y a… Attendez…

Elle compta sur les doigts de sa main droite. Cinq puis encore deux.

— Sept ans, si je ne me trompe pas.

— Je n'étais pas au courant.

— Je m'en doute bien, sinon vous ne seriez pas là. Pourquoi vouliez-vous le voir ?

— Nous nous sommes connus pendant nos études à la fac de médecine.

— Vous êtes kiné, vous aussi ?

— Non, sage-femme.

— Et vous étiez dans la même faculté ?

— Pas vraiment, mais nous nous voyions souvent après les cours. J'aurais aimé avoir de ses nouvelles. Savoir ce qu'il était devenu après tout ce temps. Vous savez s'il s'était marié ?

— En effet, mais il n'avait pas eu d'enfant.

— Vous pourriez me donner l'adresse de sa femme, si elle réside encore dans le secteur ?

La secrétaire la fixa par-dessus les verres épais de ses lunettes. Elle avait les yeux clairs, entre le vert et le bleu, les pupilles floues de la myopie.

— Je ne sais pas si j'en ai le droit. Depuis sept ans que son mari n'est plus là, ce n'est pas certain que sa veuve ait envie de rencontrer ses anciennes relations.

— Je comprends, mais ce n'est pas pour l'importuner. Si elle ne désire pas me recevoir, je vous promets de ne pas insister.

— De toute façon, vous trouveriez ses coordonnées dans l'annuaire. Autant vous les fournir moi-même.

Elle ne s'est pas remariée que je sache, et elle n'a pas dû reprendre non plus son nom de jeune fille. C'était un couple très uni.

Elle griffonna l'adresse.

— Si elle habite encore là-bas… Vous verrez bien.

Véronique s'apprêtait à demander de quoi était décédé le kiné quand retentit la sonnerie du téléphone. Aux sourcils froncés de la jeune femme, elle comprit qu'elle dérangeait.

Un quartier résidentiel. Essentiellement des pavillons de plain-pied, avec de coquets jardins en façade. Martine Liffré habitait le dernier, tout au bout de la rue, avec un arpent de terrain sur trois côtés. Son index effleurait la sonnette. Véronique eut soudain le sentiment de développer une audace incongrue. De quel droit fouillait-elle dans un passé aussi douloureux ? Pour se donner bonne conscience, oui, il s'agissait bien de quelque chose comme ça, pour se disculper d'avoir renversé une jeune femme sur le bord d'une route un soir où elle avait trop bu. Elle se ravisait quand la porte s'entrouvrit.

— Vous désirez quelque chose, madame ? Voilà bientôt plus d'une minute que vous êtes plantée devant ma porte.

Prise au dépourvu, Véronique bredouilla qu'en effet, elle souhaitait rencontrer Mme Liffré.

— Si c'est pour un démarchage à domicile, je vous prierais de passer votre chemin. Vous perdez votre temps et vous me faites perdre le mien.

La veuve du kiné était une jolie femme, mais de toute sa personne émanait une profonde mélancolie. Le visage fané des gens qui ont beaucoup souffert, cet imperceptible tiraillement des chairs qui affaisse les joues et les commissures des lèvres.

— Ce n'est pas ce que vous croyez. Je désire juste vous parler.

— Mon dieu... Vous n'avez donc personne à vous écouter pour être obligée de sonner chez les gens ?

— Je connaissais votre mari. Je viens d'apprendre qu'il est décédé. J'en éprouve beaucoup de peine.

Martine Liffré changea de ton et de mine.

— Voilà sept ans maintenant que Michel nous a quittés, en effet.

Elle hésitait.

— J'ai un rendez-vous dans une demi-heure. Je n'ai que peu de temps à vous accorder, mais entrez quand même.

Le salon, une pièce luxueuse, dont la décoration dénotait le goût de la propriétaire. Elle ne proposa rien à boire.

— Ainsi vous connaissiez mon mari ?

— Nous étions à la faculté ensemble.

Pourvu qu'elle ne me demande pas quelle fac... Véronique s'empressa d'ajouter :

— Sans vouloir être indiscrète, je peux savoir comment Michel est mort ?

La veuve soupira.

— Un banal accident de voiture.

Véronique fronça les sourcils. Lui aussi...

— Dans quelles circonstances, si je peux me permettre ?

— On n'a pas trop su comment ça s'est passé. Il aurait perdu le contrôle de sa voiture en pleine ligne droite... Il faisait beau, la route était sèche, pas de vent. Michel n'était pas un forcené du volant. Les gendarmes n'ont jamais pu expliquer la cause exacte. Peut-être un animal qui aurait voulu traverser la chaussée, un chien par exemple, et qu'il aurait voulu éviter.

— Il était seul ?

— Quelle drôle de question… Oui, bien sûr.

À ce moment sonna le téléphone. Dans une autre pièce, sans doute le vestibule ou le bureau.

— Excusez-moi. Je reviens.

Au bout de quelques secondes, Véronique se leva. Son hôtesse devait être amatrice de musique classique. En témoignait la pile imposante de CD dans la colonne de rangement. Un titre attira son regard, elle tressaillit : Les Anges des ténèbres. Elle extirpa le CD de son logement. Il s'agissait bien de la formation de rock dans laquelle chantait Mathilde Bergeret, qu'on voyait sur la pochette.

— Vous vous intéressez à ma collection ?

Véronique sursauta. Elle se retourna.

— Vous connaissez ce groupe ?

Martine Liffré jeta un coup d'œil.

— Non. C'était à mon mari. Quelque temps avant son accident, il s'était pris d'une passion soudaine pour le rock.

— Pourquoi ce groupe en particulier ?

— Je ne sais pas. C'était sa musique à lui, je ne l'ai jamais écoutée.

De toute évidence, la curiosité de sa visiteuse l'agaçait. Véronique comprit qu'il était temps de se rattraper :

— C'est une drôle de coïncidence, ma fille était amie avec la chanteuse du groupe, une certaine Mathilde Bergeret, ça ne vous dit rien ?

— Non, pourquoi ? Je serais censée la connaître ?

— Pas que je sache, mais son père est mort dans un accident de voiture. Il avait perdu le contrôle de son véhicule dans une longue ligne droite, pour une raison inexpliquée. Un peu comme votre mari.

— Ça arrive malheureusement assez souvent, je crois.

— Oui, sans doute, mais sa fille était avec lui, elle s'en est sortie indemne, un vrai miracle.

— C'est pour cette raison que vous me demandiez si mon mari était seul lors de son accident ?

— Oui, non… Je ne sais pas. Je me souvenais de cet accident, c'est une question que j'ai posée sans réfléchir.

— Pour être franche avec vous, je trouve votre curiosité plutôt déplacée. Mon mari, vous étiez sa petite amie à la fac, je suppose ?

— Même pas, il nous arrivait de prendre un verre ensemble, mais rien de plus.

— C'était pourtant un beau mec.

— C'est vrai, mais moi j'étais plutôt du genre godiche, et je fréquentais déjà le jeune homme que j'ai épousé.

La femme affichait un air de plus en plus suspicieux. Véronique se sentait mal à l'aise maintenant.

— Je n'aime pas trop les gens qui se permettent de fouiner dans le passé des morts. Les *nécrophiles*, comme on dit.

— Je ne pense pas que ce soit mon cas. Avant de passer dans son ancien cabinet, je ne savais pas que votre mari était décédé.

— Il y a eu assez de mauvaises langues pour tenter de souiller sa mémoire après sa disparition.

— Des commérages, c'est la plaie de notre époque. Je peux savoir ce que ces vipères reprochaient à votre époux ?

— Toujours le même registre. Les kinés, ça masse les gens, les femmes. On les soupçonne souvent d'avoir des gestes, disons… un peu spéciaux. Déplacés. Il y en avait même qui lui prêtaient des aventures avec ses patientes. Les plus jeunes, bien entendu.

— Il se défendait, j'espère.

— C'est difficile de couper court à la rumeur.

Mme Liffré avait sombré dans une tristesse soudaine. Elle se leva.

— Laissez-moi, maintenant. J'ai besoin d'être seule.

XXVIII

Véronique décida de différer de quelques jours son compte rendu à Nicole Bergeret. Le temps de laisser se décanter le doute affreux. Mathilde avait bien été en contact avec Michel Liffré, et ce ne devait pas être pour jouer aux dominos. Celui-ci s'était intéressé au groupe de sa petite amie, rien dans sa discothèque n'indiquait le même engouement pour d'autres formations de rock. Le plus troublant était l'accident où il avait perdu la vie dans des circonstances analogues à Léonard Bergeret. L'hypothèse que l'adolescente se trouve à ses côtés dans le véhicule paraissait ahurissante, comme le fait qu'elle ait tenté une fois encore de se suicider en entraînant dans la mort un représentant du corps médical qu'elle exécrait. Et pourtant…

Ce soir-là, Alban eut conscience que la perplexité de son épouse avait encore gravi d'un cran. Il ne l'importuna pas pour autant sur son emploi du temps. Il se montra même d'une prévenance inhabituelle. Surprise et intriguée, Véronique se tenait sur ses gardes, redoutant une nouvelle stratégie d'attaque.

Mme Bergeret l'appela le surlendemain à la première heure. Impatiente de savoir le résultat de l'enquête qu'elle avait diligentée. Vaguement agacée, Véronique ne répondit pas tout de suite qu'en effet, elle avait recueilli un certain nombre d'informations.

— Vous êtes occupée aujourd'hui ?

Véronique soupira, mais autant s'extirper au plus vite de l'engrenage dans lequel elle s'était fourrée avec légèreté.

— Je peux venir chez vous cet après-midi.

— À la bonne heure ! En fin de matinée plutôt. Je vous invite à déjeuner. Ça vous va ?

— Je ne voudrais pas…

— Cela me fera plaisir et nous aurons le temps de bavarder. Je ne suis pas une cuisinière aguerrie, mais je trouverai bien quelque chose à vous préparer. Une salade, par exemple.

Elle était soudain si enthousiaste qu'il était difficile de refuser.

— Encore faut-il que je trouve un taxi.

— C'est vrai que vous n'avez plus le droit de conduire. Donnez-moi votre adresse, et si vous le souhaitez, je m'en occupe.

Véronique faillit accepter, mais elle ne voulait surtout pas que cette femme infiltre le territoire de son mari.

— Non, non. Ne vous donnez pas cette peine. Je serai chez vous un peu avant midi.

— C'est parfait, je vous attends.

Ce fut un tête-à-tête d'une tonalité encore plus particulière. Bien sûr avant de déjeuner, Véronique ne coupa pas de raconter son entrevue avec la veuve du kiné. À l'annonce de son décès, Mme Bergeret parut surprise.

— Il y a longtemps ?

— Sept ans à ce que j'ai compris.

Nicole Bergeret comptait. Mathilde avait 17 ans, cela correspondait à l'époque à laquelle elle avait soupçonné sa fille d'entretenir des liaisons douteuses. En l'occurrence, ce n'avait dû être qu'un simple flirt, puisque cela n'avait pas eu le temps de durer. Soulagée, elle pressa Véronique de lui décrire cette femme, sans doute afin de vérifier si le mari avait des raisons de se montrer volage :

— Elle est jolie ? Dites-moi si elle est jolie.

— C'est une femme plutôt ordinaire, apparemment très douce.

— Elle vous a donné l'impression de tenir à son mari ?

— Oui, de toute évidence, elle a été très secouée par son décès.

— Un accident ?

Était-ce une intuition ? Véronique hésita à faire état de l'incroyable suspicion dont elle ne pouvait se départir. Mais quel intérêt aurait-elle eu de passer sous silence les frasques de la jeune rockeuse ?

— Oui, dans des circonstances analogues à celles qui ont coûté la vie à votre mari. Une longue ligne droite, le conducteur a perdu le contrôle de son véhicule sans raison apparente, alors qu'il était dans un état tout à fait normal.

Nicole se figea. Dans son esprit aussi, cela moulinait à grande vitesse.

— Vous n'êtes quand même pas en train de me dire que Mathilde se trouvait avec lui au moment de l'accident ?

— Il est fort probable que le véhicule accidenté n'a pas été repéré tout de suite. La question de savoir s'il était seul n'a pas dû se poser. La police n'avait aucune raison de pousser les investigations dans cette direction.

Mme Bergeret était pétrifiée.

— Et vous, vous pensez…

La phrase resta en suspens.

— Ce n'est pas ce que j'ai dit, mais sans vouloir aggraver votre peine, je pense que M. Liffré et votre fille avaient une liaison… disons, assez poussée.

— Ils couchaient ensemble ?

— Selon toute vraisemblance.

Nicole blêmissait. Elle s'y attendait, mais elle aurait tellement voulu entendre le contraire.

— Sa femme, elle était au courant ?

— Je ne suis pas restée assez longtemps pour qu'elle se livre à de pareilles confidences. Elle m'a fait part cependant de rumeurs qui couraient sur le compte de son mari. Des clientes avec qui il aurait eu des aventures.

S'installa un silence pesant. Véronique se demandait comment l'adolescente avait pu se mettre en rapport avec le kiné.

— Votre fille, elle n'a pas eu de problèmes corporels à cette époque-là ? Je ne sais pas… des ennuis musculaires, une entorse, le dos coincé.

— Le genre d'ennuis pour lesquels on est amené à consulter un kiné ?

Véronique acquiesça d'un signe de tête. Nicole réfléchissait.

— Oui, bien sûr… Ça me revient maintenant. Un matin, elle s'était levée avec un lumbago. J'avais voulu téléphoner à notre médecin, mais elle m'avait envoyée paître. Le soir, ça allait beaucoup mieux quand elle est rentrée. Je lui ai demandé si elle s'était rendue à l'infirmerie du lycée, elle m'a dit que ça s'était remis en place tout seul.

Véronique hochait la tête d'un air entendu. Ses soupçons se confirmaient. À sa mine abattue, il était évident que Nicole avait opéré la même déduction.

— Si nous passions à table, maintenant…

Le déjeuner, frugal, se déroula dans une ambiance malaisée. Les dernières illusions de la pauvre mère venaient de s'envoler. Véronique s'efforça de lui remonter le moral. Mathilde était jeune, beaucoup de tempérament, sans l'accident dont son père avait été victime, elle se serait certainement assagie. Nicole ne répondait pas, mâchonnait sans appétit.

À l'issue du repas, Véronique demanda à visiter la chambre de l'adolescente. La mère soupira.

— C'était son refuge. Elle m'avait interdit d'y entrer, même pour y faire un peu de ménage. Si cela peut vous faire plaisir…

Nicole Bergeret précéda Véronique dans le couloir menant à l'aide droite du pavillon.

— Je l'ai laissée en l'état, je n'ai pas eu le cœur de tout vider.

La pièce correspondait en tous points à la personnalité que Véronique se figurait de sa victime. Des couleurs sombres, des affiches bigarrées, des groupes de rock, des looks de punks, à son image. Sur le lit étaient étalés un pantalon et un tee-shirt noirs, sur le tapis à côté trônait une paire de lourdes chaussures, du genre rangers, noires elles aussi.

— C'était la tenue qu'elle portait le soir de l'accident. Je ne sais pas pourquoi je l'ai conservée. Comme si j'avais eu l'espoir qu'un jour elle reviendrait.

Sur le bureau étaient dispersés quelques objets appartenant à Mathilde. Le bric-à-brac habituel d'une adolescente. Véronique y jeta un coup d'œil machinal : des colliers, un mouchoir bouchonné, une boucle d'oreille dont le pendentif était une minuscule tête de mort.

— On n'a pas retrouvé l'autre sur les lieux de l'accident.

XXIX

Cette fois, la quête était bel et bien bouclée. Elle avait aidé Nicole Bergeret à cerner la personnalité de sa fille. Elle s'était par la même occasion en partie dédouanée de sa culpabilité. Il lui appartenait maintenant de se reconstruire, d'assigner les deux Mathilde au vestiaire des souvenirs.

Alban continuait ses efforts de prévenance. Il s'efforçait de remonter le moral de son épouse, bientôt il l'aiderait à retrouver un emploi. Il s'appliquait à lui faire suivre son traitement, une médication élaborée avec l'un de ses collègues du CHU, spécialisé dans les troubles psychologiques à caractère traumatique. Véronique en arrivait à ne plus le soupçonner de perversité. Elle était toujours sujette à des phénomènes hallucinatoires, sous forme de cauchemars, mais éveillée aussi et même lorsque malgré elle son esprit se mettait à vagabonder.

Quelques jours plus tard, Alban rentra de bonne heure de l'hôpital. Véronique était dans le salon, calée dans un fauteuil. Elle avait toutes les peines du monde à se concentrer sur un roman. Il se campa face à elle, le sourire aux lèvres. Elle leva les yeux. Dans son regard, elle détecta une affection qui lui parut sincère. Il la contemplait en silence.

— Tu as quelque chose à me dire ?

— Ça se pourrait bien.

— Tu m'as retrouvé du boulot ?

— Pas encore.

— Qu'est-ce qu'il y a alors ?

— Attends, je reviens.

Il retourna dans le vestibule, en rapporta un bouquet de roses abondamment garni. Véronique tombait des nues. Voilà une éternité que son mari ne lui avait pas offert des fleurs. Elle crut quelques secondes à une nouvelle hallucination.

— Bon anniversaire, ma chérie.

Elle poussa un petit cri et se leva. Son anniversaire, oui bien sûr, elle était à cent lieues d'y penser.

— Je me suis dit que c'était l'occasion de nous retrouver, tous les deux, si tu es d'accord, bien entendu.

Bouleversée, les yeux mouillés, le cœur emballé, elle saisit le bouquet.

— Je te remercie d'y avoir pensé. Moi, j'avais oublié, tu vois.

— Je m'en suis douté. Alors, tu veux bien ?

Elle posa les roses sur la table basse et s'avança tout contre lui. Elle lui offrit ses lèvres. Cette fois, il lui accorda un vrai baiser, une étreinte sincère où les corps s'épousèrent pour de bon. Véronique s'offrait à lui, pressait son ventre contre le sien, s'efforçant d'éveiller son désir.

— Pas maintenant, murmura-t-il à son oreille. Ce sera le dénouement de la soirée que j'ai prévue à ton intention.

— Une soirée ?

— C'est le moins que je te doive après les turbulences que nous avons traversées. Avant toute chose, un anniversaire, c'est l'occasion de boire une coupe de champagne, tu ne crois pas ?

— Tu sais bien…

— Juste une coupe, ne serait-ce que pour te prouver que tu es bientôt guérie.

— Tu exagères…

— Je t'en prie, ne me refuse pas ce plaisir. Ce matin, j'ai mis une bouteille au frais, dans le frigo d'appoint du garage, afin de te réserver la surprise.

Déjà, il était parti. Véronique aurait eu mauvaise grâce de se dérober, Alban avait raison, quelques gorgées de champagne ne la feraient pas replonger. Il revint avec deux coupes où pétillaient déjà des bulles d'une finesse augurant de la qualité du breuvage. Il lui présenta la sienne.

— À nos retrouvailles, Mme Quinet, si vous voulez bien encore de votre mari.

La fraîcheur était parfaite. Véronique laissa le liquide s'épanouir entre ses gencives, un plaisir intense. Immédiat.

— Assieds-toi. Je vais chercher des petits gâteaux.

Véronique était aux anges. Alban avait raison, il était temps de reprendre une vie normale. Elle trempa à nouveau ses lèvres dans la coupe. Ses papilles retrouvaient le plaisir insidieux de l'alcool. Très vite, la tête lui tourna, un vertige délicieux auquel elle s'abandonna volontiers. Alban revint avec un plateau garni d'amuse-gueule. Des biscuits salés, un assortiment de fruits secs et de cajous, dont elle raffolait. Il reprit son verre et en dégusta le contenu en souriant à son épouse.

— Tu vois, tout se passe bien. Tu t'es imposé un sevrage trop sévère. Si tu veux mon avis, c'était le meilleur moyen d'avoir le moral dans les chaussettes.

Véronique n'avait plus la force de résister, elle éclusa sa coupe.

— Ne va pas trop vite, quand même, la reprit-il en souriant. Pour ce soir, j'ai réservé une table dans le restaurant d'Angers où nous avons vécu notre premier tête-à-tête.

Un dîner en amoureux comme dans le bon vieux temps, ça te dit ?

Un souvenir plutôt lointain, que Véronique eut du mal à ressourcer.

— Oui, bien sûr.

— Mais ça se mérite.

Elle fronça les sourcils.

— Rassure-toi, rien de nature à te choquer. Juste te faire une beauté, si tu veux bien. Quelle robe pourrais-tu enfiler ?

Il feignait de réfléchir.

— Celle que tu veux. À condition de rentrer encore dedans.

— Celle qui est sur le lit, peut-être ?

— Je ne comprends pas…

— J'espère que c'est la bonne taille et que la couleur te plaira. Pour la coupe, je n'ai pas voulu choisir trop sexy.

Un cadeau ! Il avait même prévu un cadeau.

— Va vite, je t'attends.

Véronique mit un soin tout particulier à se préparer. Sans les stigmates inhérents à son âge et à ses errances éthyliques, elle se serait crue aux premières années de leur mariage, quand Alban était encore amoureux et qu'elle se pomponnait afin d'attiser son désir. Elle se doucha, se maquilla drapée dans une épaisse serviette. Elle choisit des dessous vaporeux dont elle pensait ne plus jamais avoir l'usage. La robe offerte par Alban était ravissante, un bleu turquoise, un tissu souple qui lui coula le long du corps comme une caresse d'écume. Bien que généreux, le décolleté ménageait sa pudeur de quadragénaire. Elle se parfuma, se coiffa et se laqua. Elle s'amusait de ses velléités de jeune fille, soucieuse de séduire son galant.

Alban patientait dans le salon. Il la détailla d'un regard grave, lentement, de la tête aux pieds. Elle eut à nouveau l'impression de passer un examen.

— Tu es ravissante, Véro. Je me suis permis de nous resservir une seconde coupe de champagne, mais tu n'es pas obligée…

— Au diable, la tempérance. Ce soir, je m'octroie un moment de liberté. Je compte sur toi pour me surveiller si je me laissais aller à des excès inconsidérés.

Pendant le trajet, Alban posa sa main droite sur la cuisse de Véronique. Elle frémit sous le contact.

— Fais attention quand même. Il ne s'agirait pas…

Elle n'alla pas au bout de sa phrase.

— D'avoir un accident, compléta-t-il. Ce serait vraiment idiot en effet. Si tu vois un chien débouler, tu me préviens, hein ?

Elle s'obligea à rire.

Il était 20 heures, la salle de restaurant était déjà occupée aux trois quarts. La table réservée se trouvait près de la grande baie vitrée, un peu à l'écart des autres convives. Alban parcourut l'espace d'un rapide coup d'œil. Il tressaillit, son regard s'était arrêté sur un couple installé de l'autre côté. Il paraissait contrarié.

— Tu les connais ? demanda Véronique.

— Un nouvel anesthésiste. Il est arrivé voilà six mois. Un jeune loup aux dents longues, le genre de petit con qui se croit irrésistible.

L'homme en question avait remarqué le gynéco. Il vint saluer Alban. Il jeta un sourire ironique en direction de Véronique : épouse ou maîtresse ? Afin d'éviter tout malentendu, Alban se sentit obligé de faire les présentations.

— Enchanté, Mme Quinet. Je n'avais pas encore eu l'honneur…

— Véronique travaillait chez nous. Elle a eu quelques petits ennuis de santé. D'un commun accord, nous avons jugé utile qu'elle prenne un peu de repos.

— Pas trop graves, j'espère ?

— De la fatigue, du surmenage. Elle a surtout besoin qu'on la laisse tranquille.

Message compris. L'importun esquissa une petite révérence et rejoignit sa compagne.

— Il ne sait pas que j'ai été licenciée ?

— Sans doute que non. Tout le monde n'est pas obligé de savoir ce qui t'est arrivé. Je me suis efforcé de te protéger.

Le garçon vint prendre la commande.

— Tu me fais confiance ? demanda Alban.

— Si j'ai bien compris, ce soir, tu fais office de maître de cérémonie.

— Tu as très faim ?

— Non…

Alban commanda un homard grillé et une bouteille de Sancerre.

— Ce sera tout ?

— Pour le dessert, on verra plus tard.

Délicieux le homard. Véronique planait dans une douce euphorie, pourtant elle n'avait bu que deux malheureuses coupes de champagne, mais elle n'avait plus l'habitude. Le combat avec le crustacé n'était pas de tout repos, surtout quand elle s'attaqua aux énormes pinces. Elle s'appliquait à ne pas tacher sa robe neuve. Alban lui avait servi d'autorité un verre de vin blanc. Il l'invita à porter un toast à la fin de leurs déboires. Elle s'y prêta avec joie. En lampa la moitié.

— Je n'avais jamais pensé pouvoir revivre une pareille soirée.

— Moi non plus, pour être tout à fait honnête.

— Je peux savoir ?

— Il y a des moments dans l'existence où il faut avoir le courage de dresser son propre bilan. Sans doute, moi aussi ai-je besoin d'un peu de tendresse.

Le Sancerre aggravait le début d'ébriété provoqué par le champagne. Soudain, Véronique vit tout se brouiller tout autour d'elle. La pince du homard lui échappa.

— Tu veux que je t'aide ?

— Oui, s'il te plaît, sinon je vais en foutre partout.

La voix avait claqué dans la salle.

— Chut… fit Alban, gêné de l'éclat aussi bien que de la trivialité du propos.

— Excuse-moi, mais je ne me sens pas très bien.

En effet, les yeux de Véronique vacillaient comme flammes de bougies dans le vent. Elle essaya de se mettre debout, dut s'appuyer au dossier de sa chaise pour ne pas s'affaisser. Le silence s'était installé dans la salle, tous les regards étaient braqués sur elle, tache bleue qui titubait à présent. À chaque table, on devisait à voix basse avec des coups d'œil en coin. Mortifié, Alban se leva à son tour, bientôt rejoint par le collègue de l'hôpital qui ne perdait rien de la scène.

— Je peux vous aider ?

— Merci. Ça va aller.

— Mme Quinet a sans doute un peu trop bu. La chaleur, le vin blanc, parfois…

Alban le fusilla du regard. L'autre n'insista pas.

— Viens. Ça suffit comme ça, fit-il à Véronique en l'empoignant par le bras.

Il la soutint jusque dans le hall.

— Je conduis madame dans la voiture et je reviens vous régler, lança-t-il au passage au patron derrière le bureau de l'accueil.

Le retour fut moins triomphal. Dans le peu de lucidité dont elle était encore capable, Véronique s'en voulait à mort d'avoir gâché la soirée.

— Tu es fâché ? parvint-elle à balbutier.

Il ne répondit pas tout de suite.

— C'est de ma faute. J'avais promis de te surveiller.

Quand la voiture se gara dans la cour, Véronique se sentit un peu mieux, mais ses appuis étaient encore incertains quand elle posa le pied sur les graviers. Alban avait laissé entendre qu'ils pourraient renouer aussi cette nuit-là sur le plan physique. Quand il descendit à son tour, elle esquissa le geste de se blottir contre lui. Sans la repousser, il la garda à distance.

— Tu n'as plus envie ? marmonna-t-elle d'une voix pâteuse.

— Tu es fatiguée, tu tiens à peine debout. Il est préférable d'aller te reposer, tu ne crois pas ?

Il l'accompagna dans sa chambre, elle avait du mal à conserver les yeux ouverts. Il la regarda se dévêtir, plissa les yeux de dégoût quand elle lui tourna le dos et qu'il aperçut le string dont la ficelle blanche se perdait entre ses fesses grasses.

Le lendemain, Véronique se réfugiait à nouveau dans le whisky.

XXX

Le vent mugissait depuis le milieu de la nuit, levant des tourbillons de feuilles dans le jardin. Chassés de l'ouest, les nuages s'enfuyaient à une vitesse infernale. Par intermittence, des plus ventrus descendaient de violentes averses qui crépitaient sur le toit de la longère et éclaboussaient la terrasse devant la large baie de la cuisine. Véronique gardait le front appuyé contre la vitre, immobile, plongée dans une obnubilation douloureuse qui la coupait de la réalité. Une tempête de la même ampleur lui dévastait l'esprit, lui interdisait de fixer ses idées.

Ce matin-là, elle n'avait pas encore bu – il n'était que 11 heures. Une migraine sourde lui faisait battre le sang aux tempes. La bouchc pâteuse, des aigreurs fielleuses : le café noir qu'elle s'était obligée à avaler afin de refaire surface, des restes du whisky de la veille. Elle se faisait horreur, mais n'avait plus la force de réagir. Plus envie de rien, plus envie de vivre, sans encore toutefois la volonté de mourir.

Depuis cette triste soirée d'anniversaire, Alban paraissait s'être résigné. Véronique était trop loin dans le gouffre pour espérer l'en extirper. Il l'approvisionnait en whisky avec une conscience criminelle, comme si compatissant à sa détresse, il l'aidait à se suicider. Lui, avait en revanche cessé de boire. Il s'appliquait aussi à lui faire prendre ses antidépresseurs, ne la quittant qu'une fois les cachets ingurgités. De toute façon, elle n'avait plus la force de se rebeller.

Les hallucinations s'intensifiaient à mesure qu'elle s'enfonçait dans la déchéance. Des images atroces, toujours les mêmes à quelque chose près. La route dans la nuit, une silhouette vêtue de noir qui divaguait au milieu de la chaussée. Elle crispait les mains sur le volant, les vibrations lui remontaient le long des bras jusque dans tout le corps. Ses pieds cherchaient la pédale des freins, en vain, car le plancher de la voiture était vide. Le corps se désarticulait dans les phares avant d'être projeté dans le fossé fangeux. Elle parvenait enfin à stopper la course de son véhicule. Elle revenait, cherchait, ne trouvait rien, croyait entendre des aboiements. Mais ce n'était pas un chien qu'elle venait de percuter. Une silhouette sombre gisait sur la berme. Elle ne voulait pas s'en approcher, mais une force viscérale l'y contraignait. Mathilde, une jeune femme qui se transformait peu à peu en une adolescente dans laquelle elle reconnaissait sa fille. À l'oreille, elle portait une boucle d'oreille représentant le crâne d'un squelette. Son visage se décharnait pour ne plus être à l'identique qu'un masque d'os.

Véronique se débattait, se levait pour se rafraîchir. La bouteille de whisky oubliée sur la table du salon s'enflait, l'attirait, mais un reste de dignité lui donnait la force de résister. Pour l'instant.

Quelques jours plus tard, les tourments prirent une dimension encore plus surréaliste. C'était bien sa propre fille qu'elle avait renversée. Cette Mathilde-ci la réclamait, lui demandait de la rejoindre. Elle l'entendait pour de bon, ses doigts osseux lui saisissaient le poignet pour l'entraîner dans l'au-delà. N'était-ce pas en effet la meilleure solution ?

Véronique mit plus d'une heure à rejoindre la portion de route maudite. Une démarche somnambulique, hébétée, à même la chaussée. Elle était partie au crépuscule, afin d'éviter Alban. Cet après-midi-là, elle n'avait pas trop bu, juste assez pour se donner le courage d'aller jusqu'au bout. De rares véhicules, ils avaient ralenti en arrivant à sa hauteur afin de l'éviter, intrigués par cette femme complètement hallucinée au milieu de la route. Un automobiliste baissa même sa vitre afin de lui proposer son aide. Elle le dévisagea d'un air hébété, puis pressa le pas sans répondre. Arrivée à destination, elle était épuisée, le souffle court. Elle était souvent repassée par-là, ne s'était jamais arrêtée.

Véronique se campa face à l'endroit où cette nuit fatale elle était supposée découvrir le corps de Mathilde Bergeret. Le vent ne désarmait pas, elle vacillait dans les bourrasques. Jamais ne s'était imposée à elle avec autant de force la présence occulte de sa fille.

—Tu vois, je suis venue, balbutia-t-elle.

Comme la fille de Nicole Bergeret, elle avait choisi de s'ouvrir les veines. Puis elle s'allongerait dans le fossé à l'abri des regards et se laisserait glisser dans un sommeil enfin sans cauchemars. Elle sortit le scalpel de la poche de son imperméable. Retroussa les manches afin de dégager ses poignets.

Ne pas trembler. La lame affûtée effleura la peau. Elle ferma les yeux afin d'appuyer fortement et d'inciser la chair à l'endroit où se devinaient les veines.

— Qu'est-ce que vous faites, madame ?

Véronique poussa un cri et laissa échapper le scalpel. La voix fluette avait retenti dans son dos, elle fit volte-face. Une fillette se tenait sur le haut du talus de l'autre côté de la route. Près d'elle était assis un gros chien. À la vue du visage de la femme, elle parut effrayée. Elle reposa cependant sa question.

Véronique émergea tout de suite de son obnubilation.

— Il est à toi, le chien ?

Rassurée, la gamine descendit du promontoire, suivie par son compagnon. Véronique remarqua alors que l'animal boitait.

— Oui. C'est Napo.

À son nom, le chien se mit à frétiller.

— Napo, dis bonjour à la dame.

Il poussa un gémissement qui pouvait passer en effet pour un salut.

— Pourquoi il boite ?

— Napo a eu un accident. Certainement sur la route où vous êtes.

Véronique eut du mal à déglutir sa salive.

— C'était… il y a longtemps ?

— Il y a un an jour pour jour.

— Comment peux-tu être aussi sûre de toi ?

— Parce qu'aujourd'hui j'ai 11 ans, et que le jour où Napo a été renversé par une voiture, c'était aussi le jour de mon anniversaire.

Véronique prit alors conscience que cela faisait effectivement un an qu'elle avait eu son accident. L'enfant traversa la route, suivie par son chien.

—Tu peux me raconter comment cela s'est passé ?

— Napo était jeune, un peu foufou. Il avait le chic pour partir se promener sans demander l'autorisation. Ce soir-là, il avait encore fichu le camp. Je l'ai suivi en l'appelant, mais il faisait mine de ne pas m'entendre.

— Tu habites loin ?

— Assez quand même, à une bonne demi-heure d'ici. Quand je suis arrivée dans le chemin derrière, j'ai entendu le bruit d'un moteur, puis un coup de frein. J'ai compris tout de suite.

— Et ton chien ?

— Là, il faisait moins le malin. Il est arrivé en couinant et en traînant la patte. Il n'était pas trop amoché, il est costaud. Je l'ai soigné de mon mieux, il s'en est tiré. En tout cas, ça lui a servi de leçon. Maintenant, il fait moins le cabochard.

La gamine s'éloignait, Véronique l'interpella :

— Tu peux me dire comment tu t'appelles ?

Elle hésita.

— Tu ne veux pas ?

— C'est que j'ai un drôle de prénom.

— Dis toujours.

— Philomène. C'est crétin, hein ?

— Moi je trouve ça plutôt joli.

— Sauf que tout le monde me surnomme Philo, vous pensez bien. Comme si j'étais un garçon.

— Philomène comment ?

— Le Duc. Ça, c'est déjà un peu moins cloche…

XXXI

La fillette s'éloigna avec son chien. Un peu plus loin, elle se retourna, intriguée par cette femme si bizarre dont sa grand-mère aurait affirmé qu'elle était folle. Malheureuse, pensait plutôt l'enfant.

Véronique se retrouva seule. Doutant de la réalité de cette étrange apparition qui relevait du surnaturel, elle s'efforçait d'appréhender la situation ; en elle s'éparpillait le scénario qu'on lui avait imposé. Les pièces du puzzle restaient les mêmes, mais il convenait à présent de les combiner afin de dessiner une autre vérité. Elle s'efforçait de poser ses idées, angoissée que la lueur miraculeuse ne s'éteigne. Ce chien boiteux, bien sûr que c'était celui qu'elle avait percuté un an auparavant. Un beauceron en effet. Cette nuit-là, malgré le brouillard et l'obscurité, elle ne s'était pas trompée. Si elle ne l'avait pas retrouvé, c'est qu'il était encore assez valide pour filer. Jusque-là, ça collait. Elle marqua une pause, se frotta le visage, inspira et expira profondément, s'enfonça les ongles dans les paumes afin de ne pas laisser son esprit s'échapper. Le chien d'accord, mais Mathilde Bergeret. Elle chancela, dut s'asseoir dans l'herbe mouillée de la berme pour ne pas s'effondrer. Attendit de recouvrer un semblant de lucidité. Lui revint à l'esprit l'hypothèse qu'elle avait défendue. La pauvre avait été victime d'un autre accident, après celui du chien. Une onde de bonheur l'irradiait : ce n'était pas elle qui avait tué la jeune rockeuse, mais un chauffard qui l'avait abandonnée dans le fossé.

Véronique reprit la route en sens inverse, à pas lents. Elle y voyait clair à présent. Le détail qui avait égaré les enquêteurs, c'était la coïncidence que les deux accidents se soient produits au même endroit, le même soir, à peu près à la même heure.

Véronique avait le sentiment de renaître, elle accéléra le pas. Elle allait faire éclater la vérité afin de laver sa réputation, alerter les autorités et exiger la réouverture de l'enquête. La gamine témoignerait. Aux flics, elle montrerait son chien qui portait encore les séquelles de la collision.

Alban était rentré. Il était installé dans un fauteuil au salon. Pensif. Véronique était trop excitée pour composer. Elle s'installa dans l'autre fauteuil, sous l'œil intrigué de son époux, qui mit son exaltation sur le compte de la boisson. Il la dévisagea avec son ironie habituelle : ayant des scrupules à s'alcooliser à domicile, elle avait trouvé un autre moyen d'assouvir son vice.

— Tu ne vas pas me croire…

« Elle est en train de perdre la raison », se dit-il. Bientôt il serait contraint de la faire interner.

— Tu m'écoutes ? insista-t-elle.

— Oui… Bien sûr… Qu'est-ce qu'il t'arrive de si… incroyable ?

— Ce n'est pas moi qui ai tué Mathilde Bergeret.

Alban sursauta, puis poussa un soupir excédé.

— Qu'est-ce que tu es encore allée chercher ?

— Je te dis que c'est pas moi. Ce soir-là, c'est bien un chien qui s'est fichu en travers de ma voiture et qui a cassé le phare.

Il s'était figé.

— Un chien fantôme, je sais. Tu ne vas pas recommencer quand même ? Tu as été jugée, reconnue coupable, condamnée bien que ce ne soit pas de ton entière responsabilité, même si c'est avec sursis. Qu'est-ce qu'il te faut de plus ?

Elle ménageait ses effets, un sourire aux lèvres. Avec ses cheveux en bataille, son regard illuminé, elle offrait le portrait parfait de la démence.

— Figure-toi que ce chien, je l'ai retrouvé.

Alban haussa les épaules.

— Un an après ? Personne n'avait repéré sa dépouille. Toi, tu es retournée là-bas et par miracle, tu l'as retrouvé. Tu attends peut-être que je te félicite ?

— Ce n'est pas sa dépouille que j'ai retrouvée, puisqu'il est encore vivant. Ce jour-là, la pauvre bête n'était que blessée, elle avait réussi à filer avant que je sois descendue de ma voiture.

Alban la dévisageait entre ses paupières mi-closes, perplexe.

— Tu peux m'expliquer ?

— C'est le hasard qui est venu à mon secours. J'avais l'impression que Mathilde Bergeret m'appelait pour me confier un secret. Oui, c'est ça, une forme de prémonition m'a poussée à retourner là-bas. C'est la propriétaire du chien qui m'a raconté.

— Qui t'a raconté quoi ? répliqua sèchement Alban.

— Ce qui s'est passé. Son chien Napo avait fugué, elle le poursuivait, elle a entendu le coup de frein et quelques secondes plus tard, elle a vu son clébard revenir en boitant. Il avait pris un bon coup, mais elle l'a soigné et elle est parvenue à le sauver.

— C'est une belle histoire, je te le concède…

— C'est la vérité, elle avait son chien avec elle, un molosse plutôt sympa d'ailleurs. Même que la gamine s'appelle Philomène Le Duc.

— De mieux en mieux. Une gamine qui s'appelle Philomène Le Duc. Une princesse, peut-être ? Ton imagination te joue des tours, ma pauvre Véro…

— Je t'assure qu'elle ne m'a pas menti, le chien boitait, et elle m'a confirmé que c'était bien ce soir-là qu'il avait été blessé. Elle s'en souvenait précisément, puisque c'était le jour de son anniversaire.

— L'anniversaire de qui ? De son clebs ? ricana Alban.

— Non, le sien. Le même jour, à la même heure. Je suis sûre qu'il s'agit de *mon* accident.

— Et la fille ? Mathilde, je sais plus comment…

— Bergeret, Mathilde Bergeret.

— Comment se fait-il qu'on ait retrouvé son corps à l'endroit précisément où tu aurais percuté ton fameux chien ?

Elle jubilait, fière d'être parvenue à dénouer l'écheveau.

— Réfléchis un peu. Ce n'est quand même pas difficile à comprendre. Je te l'ai déjà dit, la pauvre Mathilde a été victime d'un second accident, et celui qui l'a écrasée a filé sans demander son reste.

Il avait cessé de la regarder. Réfléchissait.

— Il faut m'aider à rétablir la vérité, Alban. Je t'assure que cette fois, je vais arrêter de boire pour de bon. Tu me crois au moins ?

Il hocha la tête. Soupira de plus belle.

— Je te crois, Véro. Si tu as vraiment rencontré cette gamine avec son chien, ce qui après tout n'est pas impossible, ton histoire se tient. Mais ne compte pas sur moi pour t'aider.

Véronique se dressa dans son fauteuil, estomaquée. Elle le fixait de ses grands yeux incrédules.

— Quoi ?

Il ne répondit pas.

— Tu te rends compte le calvaire que j'ai enduré durant tous ces mois. J'en étais arrivée à admettre que j'avais tué une jeune femme. J'ai même accepté d'être jugée, condamnée, et maintenant que je peux prouver que ce n'était pas moi, tu refuses de m'aider ?

— Il est trop tard pour remettre la machine en branle. C'est une affaire classée pour tout le monde. Tu m'as dit avoir rencontré la mère Bergeret et que finalement tu l'as aidée à faire son deuil. Chapeau, même si je reste persuadé que c'était une démarche hors de raison. Tu te vois aller dire à cette femme maintenant que ce n'est pas toi ?

— Certainement, à elle et à tout le monde. Aux flics, aux juges. Tu ne comprends pas que j'ai été condamnée à tort ? Je suis innocente, Alban, pas coupable, tu imagines ce que cela signifie ? Je vais pouvoir reprendre mon travail à la maternité, la tête haute. Tu n'auras plus honte de moi.

— Excuse-moi de te faire de la peine, ma pauvre Véro, mais dans ton état de dépendance alcoolique, personne ne va te croire. Et certainement pas les flics.

Elle s'emballait.

— Je vais leur dire que je m'étais mise à boire justement parce que je m'en voulais d'avoir tué quelqu'un, mais maintenant que je sais que c'est pas moi, je vais réagir, je vais m'en sortir !

XXXII

Elle eut du mal à se glisser dans le véhicule. Le chauffeur lui jetait des coups d'œil incessants dans le rétroviseur. C'était une compagnie de taxis aux services de laquelle elle avait déjà eu recours, ce conducteur-ci aussi. Il devait avoir conscience de la dégradation de son état, elle évitait de croiser son regard.

— Je vous conduis où ?

— À la gendarmerie de Montreuil-Juigné.

Il fronça les sourcils, la dévisagea avec insistance.

— Chez les flics ?

— Non, leurs voisins. Des amis, ils habitent juste à côté. J'ai pensé que ce serait plus facile pour vous repérer.

— Vous ne conduisez toujours pas ?

Ainsi, il se souvenait…

— Faut croire, puisque je suis là… répliqua-t-elle vertement.

Il n'insista pas, mais son sourire en coin trahissait le fond de sa pensée. À deux ou trois reprises, il essaya de renouer la conversation, mais le silence et les soupirs éloquents de sa passagère l'en dissuadèrent. Une petite bourgeoise en mal de ménage avec son mec, ou qui avait fait une connerie et qui allait rendre des comptes aux argousins.

— Avant ou après ? demanda-t-il en arrivant à destination.

— Avant ou après quoi ?

— Vos amis, ils habitent avant ou après la gendarmerie ?

— Déposez-moi en face, ce sera très bien.

Une semaine s'était écoulée. Sept jours à hésiter sur la conduite à tenir. Véronique n'avait pas bu une goutte d'alcool depuis. Elle avait suspendu également les médicaments. Plus de cachets. De détenir la vérité, elle était persuadée que les hallucinations la laisseraient en paix. Ça allait déjà un peu mieux d'ailleurs. Un sommeil plus paisible, moins de cauchemars. Mais le visage encore bouffi, les paupières enflées.

Alban l'évitait. Sans doute de crainte d'être à nouveau sollicité. Véronique s'efforçait d'analyser son refus. Si l'enquête reprenait, la presse se gorgerait de l'incroyable rebondissement, la nouvelle ferait le tour de la région. Il n'avait plus envie de revivre une situation bancale, de subir à nouveau le feu des questions dans le service, les allusions fielleuses. La police détestait voir ses erreurs étalées au grand jour. Les relations publiques du gynécologue s'en trouveraient affectées. Alban n'avait pas tort, l'affaire était enterrée à présent, à quoi bon la relancer ? Mais elle, il en allait de son honneur !

Véronique régla le prix de la course.

— À la prochaine ! lança le conducteur au moment où elle descendait du taxi.

Véronique avait les mains qui tremblaient, la gorge sèche, comme tous les alcooliques chroniques fraîchement sevrés. Elle se tenait face au portillon de la gendarmerie. La sonnette, un message vocal, elle devait patienter, on allait donner suite à son appel. Puis une voix plus distincte lui demanda ce qu'elle voulait. Elle déglutit sa salive. Rencontrer… Qui, au fait ? Elle se souvenait de la sympathie manifestée lors de sa garde à vue.

— Le commandant… balbutia-t-elle. Je ne sais plus comment il s'appelle.

— Le capitaine Laurent ?

— Oui, ce doit être ça.

— C'est de la part de qui ?

Véronique sentait son aplomb s'effriter comme poussière dans le vent. Elle énonça son identité.

— Attendez, on va vous ouvrir.

Le regard du planton de service fut tout aussi insidieux que celui du chauffeur de taxi. On aurait dit de surcroît qu'il reniflait son haleine, croyant avoir affaire à une pocharde.

Véronique fut conviée à s'asseoir dans le hall sur l'une des deux chaises. Elle était de plus en plus anxieuse. Machinalement, son regard parcourut le trombinoscope de tous les disparus du territoire ces derniers mois. Un brouhaha à travers les cloisons. De temps en temps, le ton montait. Un interrogatoire musclé. Elle dut patienter une bonne dizaine de minutes. Le même gendarme.

— Venez. Le capitaine accepte de vous recevoir.

Comme une faveur insigne. Cette fois, elle reconnut tout de suite l'officier qui l'avait interrogée. Lui aussi, de toute évidence, même s'il paraissait surpris du portrait pitoyable qu'elle affichait à présent.

— Vous désiriez me rencontrer ?

Elle cherchait ses mots.

— C'est au sujet de l'accident, bredouilla-t-elle. Vous vous souvenez ? L'accident qui avait coûté la vie à Mathilde Bergeret.

— En effet, oui… Celui dans lequel vous étiez directement impliquée. L'affaire a été classée, il me semble…

— Oui, je suis passée au tribunal.

— Et alors ?

— J'ai découvert quelque chose depuis.

Elle s'enlisait, le regard du capitaine Laurent se faisait plus incisif, elle regrettait d'être venue. Alban avait raison. Les stigmates de sa déchéance étaient trop flagrants pour qu'un flic un tant soit peu rationnel porte le moindre crédit à ses divagations.

— Je vous écoute, fit-il cependant.

— Vous vous rappelez ? J'étais persuadée que c'était un chien que j'avais percuté.

— C'était en effet votre première version.

— Cette nuit-là, je ne m'étais pas trompée. J'ai rencontré la propriétaire du chien.

— Tiens donc… Vous avez eu plus de chance que nous. Les investigations menées à plusieurs reprises n'ont rien découvert qui puisse corroborer cette hypothèse. Et la malheureuse qui a été découverte dans le fossé, elle est tombée du ciel ?

— Non, bien sûr… Mais j'en suis arrivée à penser qu'il y avait peut-être eu deux accidents à quelques instants d'intervalle.

— Expliquez-vous.

— Un premier accident dans lequel j'avais renversé un chien qui s'était enfui et un second lors duquel Mathilde Bergeret avait trouvé la mort, avec un chauffard qui lui aussi s'était enfui.

— Au même endroit ? Presque à la même heure ? Permettez-moi de vous dire, malgré tout le respect que je vous dois, Mme Quinet, que vous ne manquez pas d'imagination.

— Ça se pourrait. Ce sont des choses qui arrivent.

— Dans les romans, peut-être. Dans la réalité, c'est un peu plus compliqué, beaucoup moins vraisemblable en tout cas. Au fait, elle s'appelle comment la propriétaire de votre chien miraculé ?

— Philomène Le Duc, débita-t-elle d'un trait.

Véronique s'attendait à un sourire ironique, il n'en fut rien.

— Vous êtes certaine du nom que vous avancez ?

— C'est le genre de nom qu'on n'oublie pas.

— En effet. Il s'agit d'une fillette, n'est-ce pas ?

— Pourquoi ? Vous la connaissez ?

L'officier soupira.

— Malheureusement, oui. Une enfant de ce nom-là a été victime d'un accident voilà trois jours. Une mauvaise chute dans un éboulis de rochers, les vertèbres cervicales brisées.

— Elle est ?...

— Morte, oui. C'est sans doute aussi bien. Sinon elle serait restée tétraplégique.

— Mais son chien. Il est possible de retrouver son chien !

— À moins qu'il ne soit doué de la parole, je ne pense pas qu'il puisse corroborer votre déclaration.

Véronique se recroquevilla sur sa chaise.

— Le mieux serait d'oublier cette triste affaire, Mme Quinet. Elle a été jugée, elle est classée. Croyez-moi, c'est la meilleure solution pour tout le monde.

— Je suis sûre pourtant de ce qu'elle m'a dit. Son chien avait été blessé et c'était bien le même soir.

— Être responsable de la mort de l'un de ses semblables constitue un traumatisme évident. Il n'y a aucune honte à consulter un médecin spécialisé. Il existe d'excellents psychologues qui pourraient vous aider à remonter la pente. Mieux que moi… ajouta-t-il. Parlez-en à votre médecin traitant. Lui saura certainement vous conseiller.

XXXIII

De la pulpe de ses doigts, Véronique se lissa le visage devant la glace, les joues, les ailes du nez, les commissures des lèvres et le coin des yeux. Elle se massa les tempes, s'efforça de sourire, se trouva moins laide. Un examen matinal auquel elle prenait plaisir maintenant. Bien qu'encore récent, son sevrage se voyait déjà. En tout cas, elle s'en persuadait. Preuve de sa « guérison », elle s'octroyait le droit de boire un fond de whisky sans être tentée par un second verre. Quant aux médicaments, les anxiolytiques de son mari avaient fini à la poubelle.

Alban avait-il conscience de la résurrection de son épouse ? Il aurait fallu être aveugle pour ne pas s'en apercevoir, mais elle attendait en vain un compliment. Orgueil mal placé ou indifférence ? Au dernier moment, il se ravisait. Elle se gardait bien de triompher – *tu vois, j'ai arrêté de picoler !* –, lui laissant l'initiative d'aborder le sujet au moment où il ne pourrait plus nier l'évidence.

Sa visite aux gendarmes de Montreuil remontait à deux semaines. Son mari la connaissait assez pour savoir qu'elle ne s'était pas résignée. C'étaient sans doute les raisons de sa froideur. Définitivement sortie du gouffre, elle était susceptible de provoquer un grabuge de tous les diables afin de restaurer son honneur. C'était au tour de Véronique de se trouver en position d'observatrice. Alban se montrait rêveur, perplexe, nerveux par moments. Pas dans son assiette en tout cas. Peut-être des ennuis du côté de la maternité, un domaine vers lequel elle se gardait bien d'orienter la conversation.

Alban pouvait dormir tranquille. Véronique s'était résignée à ne pas relancer l'enquête. Il avait raison, il était trop tard pour réactiver la machine judiciaire. Si elle parvenait à ses fins, en tirerait-elle un réel profit ? Sauver son honneur, certes, mais ce n'était qu'une formule toute faite, qui lui ferait une belle jambe. Aux yeux de qui seraitelle amenée à faire valoir son innocence, hormis la tante Mélanie, perdue dans ses collines périgourdines ? La croirait-on seulement si longtemps après ?

Une semaine s'écoula encore. L'histoire aurait dû s'arrêter là, les Quinet se seraient sans doute séparés, ou ils auraient continué à vivre cahin-caha, en s'efforçant de replâtrer au mieux la tendresse rendant tolérable la vie commune. Il était pourtant écrit que le scénario allait rebondir de façon spectaculaire.

Animée du souci de se reconstruire, Véronique mit tout en œuvre afin de recouvrer une estime de soi. Elle décida de revisiter sa garde-robe. Toujours habitée des scrupules de vivre aux crochets de son mari, elle sortit des placards des tenues dont elle avait peu à peu oublié l'existence. Elle ne les jugea pas si démodées. Du moins pas toutes. Elle retrouva notamment un manteau qu'elle avait porté plusieurs années. Elle l'enfila, il lui allait encore, mais un petit coup de jeune n'était pas superflu. Le mieux était de le porter au pressing.

Véronique Quinet n'était pas une pratiquante régulière de ce genre de magasin. Du temps où elle travaillait, elle donnait ses vêtements défraîchis à des œuvres caritatives, dont beaucoup collaboraient avec la structure hospitalière. Il lui était arrivé cependant de déposer au nettoyage une robe ou deux auxquelles elle tenait vraiment – un accident ménager, une tache récalcitrante. Elle fréquentait toujours la même boutique à Angers. Pas de chance, ce jour-là, elle était fermée pour cause de travaux et ce pendant deux mois. Elle chercha une autre adresse sur son portable. Un pressing dans une rue parallèle, un peu plus haut.

La patronne derrière le comptoir affichait une quarantaine avenante. Véronique lui présenta le manteau, à l'époque il lui avait coûté une petite fortune. La femme lui en fit le compliment.

— Vous avez raison de le faire nettoyer. C'est un modèle qui ne se fait plus, et c'est bien dommage.

— Vous pensez pouvoir le… restaurer ?

— Sans aucun problème. Nous avons des systèmes à haute vapeur qui fournissent des résultats épatants. Quand j'en aurai fini, il sera comme neuf. Vous le voulez pour quand ? C'est pour une occasion particulière ?

— Non. Je ne suis pas pressée. Prenez le temps nécessaire afin d'obtenir le meilleur résultat possible.

Bien sûr, il revint à Véronique de remplir une fiche. Son nom, son numéro de téléphone. Elle proposa de verser un acompte.

— Bien sûr que non. Je vous fais entière confiance. Dans le pire des cas, si le client ne revient pas, tant pis pour lui. Un manteau comme le vôtre, croyez-moi, je le porterais volontiers.

— Ça arrive que des clients ne viennent pas rechercher les vêtements qu'ils vous ont confiés ?

— Rarement. Des fois parce qu'ils ont déménagé, ou pour cause de décès.

— Vous pouvez toujours les joindre, puisqu'ils sont censés vous laisser leurs coordonnées.

— À condition que celles-ci soient exactes.

— Je ne comprends pas.

— Du rouge aux lèvres sur un col de chemise. Le mari volage n'a pas envie que j'appelle chez lui de crainte que je tombe sur son épouse… Alors il donne une fausse adresse, un faux numéro de téléphone, et il passe chercher sa chemise en douce. Ou il renonce à la récupérer.

La patronne parut soudain perplexe. Elle prit la fiche de Véronique et la relut avec attention.

— Mme Quinet… C'est curieux…

— Quoi donc ?

— Ce ne doit être qu'une coïncidence, mais nous avons en réserve un veston appartenant, je crois bien, à un certain M. Quinet. Attendez que je vérifie.

Elle sortit de dessous le comptoir une boîte métallique dans laquelle elle compulsa des fiches de bristol.

— Ah, voilà. Oui, je ne me trompe pas. C'est bien le même nom, écrit de la même façon. Un M. Quinet qui habite dans le quartier sud d'Angers. Ou qui habitait. Il nous avait laissé aussi un téléphone. Maintenant, ça me revient, quand mon employée a appelé afin de le prévenir qu'il pouvait passer prendre sa veste, on lui a dit que le numéro n'était plus attribué. Moi je pense qu'il avait dû se tromper en le griffonnant.

Véronique se sentait de plus en plus intriguée.

— Vous avez le prénom ?

— Alban. Ce n'est pas très courant. C'est quelqu'un de votre famille ?

— En effet. C'est ainsi que s'appelle mon mari. Je peux voir le veston en question si vous l'avez toujours ?

La commerçante s'éclipsa et revint avec une housse dont elle extirpa une veste claire que Véronique reconnut tout de suite. Bizarre, ce n'était pas dans les habitudes d'Alban de s'occuper de ses fringues.

— Vous l'avez depuis combien de temps ?

— Oh… Je dirais… ouais, au moins un an. C'est un beau vêtement, c'est curieux qu'il ne s'en soit pas inquiété.

Véronique s'efforçait de réfléchir. En elle se ramifiait l'intuition de ne pas vivre une simple anecdote.

— Un problème ?

— Non, biaisa-t-elle. L'explication est toute simple. Mon mari a été gravement malade. Maintenant, ça va un peu mieux, mais il aura oublié. Vous savez pour quelle raison il vous avait déposé cette veste à nettoyer ?

— Non, pas vraiment. J'ai beau avoir bonne mémoire, je ne me souviens pas de tout. C'est déjà miracle d'avoir fait le rapprochement avec votre nom. Si, ça me revient, une tache de sang, il s'était blessé en montant dans sa voiture. Il avait essayé de nettoyer, mais ça ne partait pas.

— Je vais la prendre, ça lui fera plaisir, c'est moi qui la lui avais offerte.

Véronique partit avec le vêtement emballé dans un sac en plastique transparent. Elle appela un taxi. En l'attendant, elle s'installa sur un banc et jeta un coup d'œil au veston. Elle essayait de se souvenir quand elle avait vu Alban la porter pour la dernière fois. Julie Tournis. Ça lui revint. C'est elle qui lui en avait parlé et c'était le jour…

Véronique poussa un petit cri qui fit se retourner un couple.

— Un problème, madame ? demanda la femme.

— Non, non… Je rêvais. Je viens de me souvenir que j'ai oublié un rendez-vous important.

— Alors, si ce n'est que ça…

Elle examina la veste de plus près. En tâtant le tissu, elle décela une légère protubérance dans le bas de la doublure, sous la poche droite. Elle regarda d'un peu plus près, le fond était décousu. Elle glissa deux doigts dans la fente et réussit à en extraire un petit objet qui curieusement avait échappé à la vigilance de la nettoyeuse. Quand elle l'eut au creux de sa paume, elle fut certaine de l'avoir déjà vu quelque part.

XXXIV

Une minuscule tête de mort. L'image se précisa : la boucle d'oreille de Mathilde Bergeret. Comment était-elle parvenue dans la poche du veston d'Alban ? À moins que lui aussi ne se soit décidé à rencontrer la mère de la malheureuse et qu'il ne l'ait subtilisée à son insu. Mais dans quelle intention ?

Pour en avoir le cœur net, il aurait fallu rendre une nouvelle visite à Nicole Bergeret. Cela supposait lui faire état de la stupéfiante révélation qui rebattait les cartes au sujet de la mort de sa fille. Nicole avait fait preuve d'un courage et d'une dignité exemplaires, ne serait-ce qu'en acceptant de recevoir celle qui lui avait ôté son enfant. Elle était parvenue à étouffer des rancœurs légitimes à son égard, même à lui développer une forme de sympathie. Était-il charitable de la plonger à nouveau dans l'incertitude quant au véhicule qui avait renversé sa fille et de raviver la douleur ?

Véronique réfléchissait. Cette hypothèse n'était pas cohérente. Ou alors… Oui, c'était plutôt ça. Il s'agissait de la seconde boucle d'oreille, celle qu'on n'avait pas retrouvée sur le corps de la victime… Le mystère s'épaississait.

Demander une explication directe au principal intéressé ? S'il était mêlé de près ou de loin à l'accident de Mathilde, il trouverait une parade immédiate et elle en serait pour ses frais. Il était pourtant évident que derrière ce dérisoire bijou se dissimulait un secret. Cette veste au pressing notamment. Sans être hyper maniaque, il était étrange qu'Alban, d'une part l'y ait portée de son propre chef, d'autre part ait oublié d'aller la rechercher. Encore plus qu'il ait fourni à la propriétaire de la boutique une adresse bidon et un faux numéro de téléphone.

La meilleure stratégie était de provoquer sa réaction sans avoir à aborder le sujet. Dans le vestibule de la longère était aménagé un vestiaire derrière une cloison afin de le dissimuler aux invités qui entraient. Y étaient suspendus divers vêtements appartenant aux deux époux. Certains s'y trouvaient depuis des mois, voire des années. À son retour du pressing d'Angers, elle plaça la veste d'Alban sur un cintre, en veillant toutefois à laisser dépasser l'une des manches. C'était l'un des rares vêtements de couleur claire qu'il ait jamais portés, il était prévisible qu'il le remarque au premier coup d'œil.

En attendant le retour d'Alban, Véronique décida de s'adonner à un peu de jardinage. Elle reprenait goût à la vie, besoin de se bouger les fesses, comme elle disait, de grand air, d'activité physique. Besoin encore davantage de faire le point au sujet de l'angoisse qui la taraudait depuis sa visite au pressing. Son époux savait maintenant qu'elle n'était pour rien dans l'accident fatal à Mathilde Bergeret, et que c'était bel et bien un chien qu'elle avait percuté cette nuit-là. La seule à pouvoir en témoigner n'était plus de ce monde. Véronique poussa un juron et laissa tomber la binette. Une idée atroce venait de lui traverser l'esprit. L'accident de la petite Philo, une nouvelle coïncidence ? Elle avait du mal à respirer. Non ce n'était pas possible, elle était de nouveau victime d'hallucinations qui lui inventaient des scénarios invraisemblables…

Son angoisse exacerbée, Véronique était incapable de reprendre le désherbage, elle guettait l'arrivée de son mari.

Le gynéco paraissait avoir adopté un emploi du temps plus régulier ces derniers temps, bien qu'il ne parle toujours pas de son travail à la maternité. À 18 heures, le moteur de son véhicule ronronna au loin, bientôt le gravier de la cour crissa sous ses larges pneus. Elle s'approcha de la fenêtre qui du jardin côté terrasse donnait sur le vestibule et la penderie.

Alban entra. Il jeta un coup d'œil dans le salon. Il ne chercha pas davantage à savoir où se trouvait son épouse. Il passa dans le bureau sur la gauche afin d'y déposer son attaché-case. Puis il réapparut dans l'entrée. Il se mira dans le miroir accroché au mur, arrangea sa chevelure de ses doigts en éventail. Puis il se délesta de sa parka. L'enfila sur un porte-manteau et l'accrocha au portique nickelé.

Véronique ne le distinguait que de dos. Soudain, Alban s'immobilisa. Ça y est, se dit-elle. Il écartait les autres tenues pour atteindre le fameux veston. Il émergea de derrière la cloison, sans doute afin de vérifier une seconde fois que son épouse ne rôdait pas dans les parages. Elle eut juste le temps de se rejeter en arrière avant d'être découverte à travers la vitre. Il passa derrière la cloison, pour revenir aussitôt avec la veste. Il la contempla en pleine lumière afin de s'assurer qu'il ne rêvait pas. Il paraissait perplexe.

D'avoir pris conscience de sa duplicité, Véronique éprouvait un plaisir sournois à l'épier, lui d'habitude si sûr de lui. Elle hésita à faire le tour par le jardin, à entrer innocemment afin de le surprendre en « flagrant délit » sans lui laisser le temps de composer et de se trouver une échappatoire. Pourquoi pas ? Elle saurait tout de suite de quoi il en retournait. Arrivée au pignon de la maison, elle entendit claquer le coffre de la voiture d'Alban. Il l'aperçut, se figea.

— Tu es rentré ?

Il la dévisagea d'un regard suspicieux. Attendit quelques secondes avant de répondre.

— Cela fait déjà quelques minutes. Pourquoi ? Tu avais quelque chose à me dire ?

Il attendait une explication sur le retour de son vêtement.

— Non. Rien de spécial. Et toi ?

Il paraissait de plus en plus soucieux, elle s'efforçait de rester naturelle. Il soupira.

— Rien de particulier non plus. Tu as passé une bonne journée ?

Un effort d'amabilité tout à fait surprenant vu l'ambiance des derniers jours. Fallait-il être gêné et avoir quelque chose d'important à cacher. La veste, il l'avait remisée dans le coffre de sa voiture. Véronique eut une idée lumineuse afin de le coincer.

— Je ne suis pas sortie aujourd'hui. Tu vas être surpris, mais j'ai même fait un peu de jardinage. J'ai mis de côté des vieux pots de fleurs. Si tu avais le temps demain matin en partant à l'hosto, tu pourrais pas les déposer à la décharge ? C'est sur ta route. Moi, je ne peux pas m'en occuper, puisque je n'ai toujours pas récupéré mon permis.

Il n'avait pas éventé le piège.

— Si ça peut te faire plaisir…

— Chouette ! Ne bouge pas, je vais les chercher, on va les mettre dans ton coffre.

Cette fois, il avait flairé le danger. Déjà elle revenait avec des tessons de terre cuite.

— Attends. Je raconte n'importe quoi. Demain, c'est pas possible. Nous avons programmé un accouchement qui se présente plutôt mal. Je tiens à être sur place, il faudra que je parte aux aurores. À cette heure-là, la décharge ne sera pas encore ouverte.

— Ce n'est pas grave, tu les déposeras en revenant demain soir. Ouvre ton coffre, on va mettre une bâche pour ne pas tout salir.

Elle se dirigea résolument vers le véhicule, certaine de le voir s'interposer. Cela ne manqua pas. Il ne savait toutefois quelle attitude adopter.

— Écoute… Tu ne crois pas que j'ai autre chose à penser que de m'occuper de tes petites tracasseries ?

— Le jardin t'appartient aussi, que je sache. Ce n'est pas fréquent que je te demande un service.

Il perdait pied. S'était adossé au capot arrière de son véhicule afin de l'empêcher d'y accéder. Sur la défensive, un gamin qui dissimule quelque chose.

— Ma bagnole, c'est pas une poubelle. Si tu as entrepris de t'atteler au nettoyage du jardin, il est préférable de tout stocker dans un coin et on demandera aux services de la mairie de passer avec leur camion prendre ce dont tu veux te débarrasser.

Elle soupira, hésitant à pousser plus loin les hostilités.

— Les éboueurs ne sont pas à notre disposition, se permit-elle toutefois.

— Comme moi je ne suis pas à la tienne. À force de tourner en rond, ma pauvre Véro, tu finis par devenir particulièrement chiante !

Bien décidé à ne pas lui laisser la place, il s'énervait. Pour une fois qu'elle avait le dessus, Véronique ne lâchait pas sa proie.

— Excuse-moi. Tu vois, moi, ça va mieux comme tu as pu le constater ces derniers temps. Je pensais que ce serait bien de cesser de se faire la gueule.

— En me demandant de te débarrasser de tes ordures ? Tu aurais pu trouver une attention un peu plus délicate.

Le moment de flottement passé, il avait recouvré son sang-froid. Pour l'instant, il était inutile d'insister. De toute façon, elle avait appris ce qu'elle souhaitait. Le retour inopiné de ce veston l'indisposait au plus haut point et il avait décidé de le faire disparaître sans autre forme de procès.

— Tant pis… soupira-t-elle. N'en parlons plus. Je vais me débrouiller toute seule.

Il parut aussitôt soulagé. Elle s'éloigna. Elle l'entendit refermer le coffre à clef.

Moins d'une heure après, Alban Quinet se décidait à tâter le terrain. Véronique se tenait sur ses gardes, augurant qu'il allait aborder le sujet d'une façon ou d'une autre.

— Au fait, j'ai un truc à te demander.

— Quoi donc ?

— Tu n'aurais pas vu une veste claire que je portais voilà quelque temps déjà ? Je n'arrive plus à mettre la main dessus.

— Une veste claire ? Non, je ne vois pas…

— C'est curieux. Tu ne l'aurais pas jetée par hasard ?

— Pourquoi veux-tu que je jette tes affaires ? J'ai assez à m'occuper des miennes. Tu as regardé dans la penderie dans le vestibule ? Tu as peut-être mis un autre vêtement par-dessus.

— Tu as raison. Il faudra que je vérifie.

— Pourquoi tu t'inquiètes précisément de cette veste-là ? Tu n'as rien d'autre à te mettre ?

— Juste comme ça. Je ne sais pas pourquoi. J'y pensais l'autre jour, je me demandais où elle était passée.

Elle ne put réprimer un sourire narquois, il mentait mal.

XXXV

Ce fut un repas singulier. Un face-à-face où chacun essayait de détecter les armes de l'adversaire avant de se risquer à l'attaque. Les regards s'évitaient, ils n'échangeaient que du bout des lèvres, les mots inévitables ou d'insipides banalités. Ou ils se taisaient. De longs silences. Alban avait en tête une idée fixe : cette veste oubliée au pressing. Il aurait juré qu'elle ne se trouvait pas dans le vestiaire les jours précédents. Seule Véronique pouvait l'y avoir déposée. Auquel cas, pourquoi ne l'en avait-elle pas informé ? Si c'était elle, pourquoi avait-elle joué l'innocente quand il lui en avait parlé ? Elle affichait pourtant une sincérité limpide, ou alors, elle était une excellente comédienne. Mais si ce n'était pas elle, qui d'autre pouvait avoir rapporté ce vêtement ? Peut-être la patronne du pressing avait-elle retrouvé sa bonne adresse, Alban Quinet, une association patronymique qui n'était pas courante… Celle-ci serait venue en son absence et aurait confié le vêtement à Véronique. Avec la cascade d'événements qui avaient bouleversé sa vie après l'accident, Véro n'y avait pas prêté attention et l'avait accroché machinalement dans le vestiaire. Oui… Ce devait être quelque chose comme ça.

Véronique observait Alban. Elle ne l'avait jamais vu aussi préoccupé.

Dans une telle ambiance, ils grignotèrent, ne traînèrent pas à table. Alban sortit fumer sur la terrasse.

Elle, s'installa sur le canapé, les yeux vides et fixés sur la télé. Ils s'évitèrent au moment de gagner leurs chambres respectives.

Véronique ne parvenait à trouver le sommeil. Une heure après s'être couchée, elle se releva afin de se rafraîchir et de boire un verre d'eau. De retour dans la chambre, elle sortit la boucle d'oreille du tiroir au fond duquel elle l'avait soigneusement dissimulée. Un bijou d'adolescente, style gothique en accord avec le portrait de Mathilde Bergeret.

Le lendemain, Véronique Quinet se réveilla avec le soleil. La maison était silencieuse. Elle resta traîner au lit, attendant qu'Alban ait quitté les lieux. Au bout de quelques minutes, elle jeta un coup d'œil sur la pendulette. Il était bientôt 8 heures. Il lui avait dit qu'il partirait de bonne heure, ce devait être le cas. Elle se sentait en pleine forme, elle se leva. Au moment de pénétrer dans la grande pièce de vie, elle sursauta : son mari était en train de déjeuner dans la cuisine, encore en robe de chambre. Pas l'air vraiment pressé.

— Tu es encore là ?

— Je te dérange ?

— Pas du tout, mais je croyais que tu avais programmé ce matin un accouchement qui t'inquiétait.

Il accusa le coup. Mit quelques secondes à trouver la réponse.

— Le service a téléphoné. La maman a fait un malaise, c'est remis à cet après-midi. Ça me laisse un peu de temps. Tu veux déjeuner ?

À nouveau cette cordialité surprenante…

— Je préfère d'abord me doucher. J'ai transpiré toute la nuit, je dois empester.

Il fit semblant de renifler. Haussa les épaules.

— Des soucis ?

Il revenait à la charge afin de lui tirer les vers du nez. Elle lui adressa un regard soutenu. Il détourna les yeux.

— Non… Je crois que le plus dur est derrière moi maintenant que je sais que ce n'est pas moi qui ai tué cette jeune femme.

Il esquissa une moue dubitative. Elle hésita, mais ça ne servait plus à rien de se défendre.

— C'est plutôt toi qui as l'air soucieux depuis quelque temps. Tu as des ennuis ?

Il sursauta, reposa vivement la tasse qu'il manqua de renverser.

— Pas plus que d'habitude. Je repensais à cette histoire de veste, je ne sais plus ce que je fais de mes affaires.

— Tu ne l'as pas retrouvée ?

— Je t'avoue ne pas l'avoir cherchée.

— C'est curieux de tenir autant à un misérable vêtement. D'habitude, tu te fiches royalement de tes fringues.

Il s'obligea à rire.

— Peut-être que cette veste a une histoire…

— Ah bon ? Tu peux me dire ?

— Ce n'est pas bien d'être trop curieuse. Chacun a le droit d'avoir ses petits secrets.

Ses yeux fouillaient ceux de son épouse. C'était bien tenté, mais elle ne baissa pas les siens.

— Tu ne penses pas ? insista-t-il.

— Tant que ce sont des *petits* secrets… Je te laisse à tes réflexions philosophiques.

Alban ne quitta le domicile qu'une demi-heure plus tard. Il semblait rechigner à partir. Avait-il peur qu'en son absence elle aille fouiller dans ses affaires ? De la salle de bains, elle l'avait entendu s'affairer dans son bureau, déplacer des objets, froisser des papiers. Il fait le ménage dans sa vie privée… pensa-t-elle.

Véronique s'habilla, jeans et sweet-shirt. Décontractée. De deviner son bonhomme en « difficulté » lui fournissait un regain d'énergie. Bien entendu, sa première occupation fut d'aller fouiner dans le bureau.

Cette pièce lui était tacitement interdite. Jusque dans la demeure familiale, Alban restait le patron et certains domaines lui étaient réservés. Elle s'était toujours pliée à la règle, sans doute formatée pour être commandée. Il y flottait la même odeur de tabac, celle dont étaient toujours imprégnés ses vêtements, douceâtre, qu'elle ne détestait pas à l'adolescence au lycée. Ses copines avaient à peine franchi les portes de l'établissement qu'elles étaient déjà la clope au bec. Elle, n'avait jamais fumé. Oh, quelques taffes par ci par là, pour voir quel goût ça avait, mais elle n'avait pas aimé. Et puis elle trouvait le geste d'une vulgarité consommée pour une fille. Adulte, elle avait été tentée assez souvent, mais elle ne s'y était pas résignée, sans doute parce qu'Alban fumait et qu'elle désirait se démarquer de lui.

Des piles de feuilles, des dossiers, il lui arrivait de s'occuper de certaines paperasses à la maison, alors qu'il avait deux secrétaires attachées au service. Un pot à crayons et stylos, vides pour la plupart. Une éphéméride qu'elle compulsa d'un doigt rapide. Des notes griffonnées, des horaires, des numéros de téléphone. Les soirées de bridge, dont il avait été un fan acharné pendant quelque temps, avant l'accident de leur fille. Elle ouvrit un à un les tiroirs, vérifia s'il n'y avait pas de doubles-fonds comme dans les films. Elle furetait plus par curiosité qu'avec réelle conviction. Si Alban avait eu quelque chose de compromettant à cacher, ce n'était pas cet endroit qu'il aurait choisi. Que cherchait-elle au fait ? Elle aurait été bien incapable de le définir. Un lien quelconque avec Mathilde Bergeret ?

Véronique se rendit compte soudain qu'il manquait quelque chose sur le bureau. Elle mit du temps à identifier cette impression de vide dont elle ne pouvait se départir. Le cadre. Une photo où elle posait joue contre joue avec Mathilde, prise quand celle-ci avait une dizaine d'années. « *Viens avec nous, on va demander à quelqu'un de prendre la photo*, avait proposé la maman. *Non, non... J'aurais trop peur de gâcher le résultat* », avait refusé le père en riant. Il n'y avait pas si longtemps, ce cadre était encore là. Elle se souvint alors qu'en qualité de chef de service, le docteur Quinet possédait un petit coffre-fort dans son cabinet de consultation. Il y enfermait les dossiers brûlants à l'abri des regards indiscrets. Lui seul en détenait la combinaison.

XXXVI

Véronique avait demandé au taxi de les déposer dans une rue en retrait de l'entrée du CHU, à l'abri des regards indiscrets. Le jeune homme mastiquait consciencieusement un chewing-gum. Le même depuis le début, certainement réduit à une boulette gluante sans aucune saveur. Elle l'avait récupéré à la tombée de la nuit à l'endroit convenu. Elle ne savait pas son nom. Une précaution qu'il avait exigée : « Si on se fait surprendre, moi, je trouverai toujours un moyen de filer. Si vous, vous êtes prise, ils vont vous cuisiner et vous serez obligée de me dénoncer. »

Véronique avait contacté les Anges des ténèbres sur son téléphone portable.

— Un coffre-fort dans un bureau de l'hôpital ? s'était étonné Jonas Lignon. Il y a du fric dedans ?

— Même pas. J'ai continué à m'intéresser à votre copine. Je pense avoir découvert quelque chose de sérieux concernant son accident.

— Celui où vous l'avez foutue en l'air ?

— Je sais maintenant que ce n'est pas moi qui l'ai percutée.

— Mais qui alors ?

— C'est ce que je suis en train d'essayer de déterminer. Vous ne connaissez pas quelqu'un qui saurait forcer ce genre de coffre ?

Le rocker avait masqué son appareil au creux de sa paume. Elle l'entendait quand même discuter avec ses copains.

— On aurait peut-être quelqu'un à vous proposer. Dame, il faudra le payer.

— Combien ?

— Je sais pas. On va lui demander. Trois ou quatre cents euros.

— C'est dans mes prix.

L'affaire avait été conclue.

Cachée dans l'obscurité derrière la haie, Véronique attendait que le personnel de jour ait quitté la place et que ceux de la nuit aient pénétré dans l'établissement, un chassé-croisé de quelques minutes sur le parking. Son compagnon mâchonnait avec toujours la même application, comme s'il s'acquittait d'un exercice de la plus haute importance. Il devait avoir dans les 22 ans, peut-être un peu plus. Mince, presque du genre freluquet, mais sans doute très musclé – le genre de petit mec élevé à la dure. Les lumières diffuses des lampadaires creusaient les reliefs de son visage et en accentuaient l'impression de maigreur. Les cheveux noirs et longs, il aurait été beau garçon sans cette mèche de voyou en travers du front. Jusque-là, il s'était tenu tranquille, mais il commençait à s'impatienter.

— Qu'est-ce qu'on attend ? Il n'y a plus personne, glissa-t-il à l'oreille de Véronique.

— C'est vrai. On peut y aller.

D'un grand sac en plastique, elle extirpa deux blouses blanches soigneusement pliées et marquées au sigle de l'hôpital.

— Avec ça sur le dos, on est sûr de se faire repérer du premier coup.

— Ce n'est pas un problème. Essayer de se cacher, ce serait le meilleur moyen de passer pour des voleurs.

— C'est un peu ce qu'on est, non?

— Pas vraiment. Si on croise quelqu'un, ce qui est fort probable, vous me laissez parler.

Véronique avait pris la précaution de faire un double de la clef du bureau d'Alban. Pour se promener dans le reste de la maternité, les siennes suffiraient si besoin était.

— Cette fois, on y va. Tâchez de marcher naturellement, comme si vous étiez quelqu'un de l'hosto.

Il gloussa, fourra les mains dans les poches de sa blouse, rentra la tête dans les épaules en se voûtant.

— Comme ça?

— Pas trop mal. Mais n'en faites pas trop quand même.

Véronique était très émue de revenir en ces lieux où elle avait vécu des moments si intenses. Des joies – mettre un enfant au monde restait un acte merveilleux, même pour une sage-femme un peu blasée –, mais aussi des drames d'une cruauté extrême. Le hall était désert, les bureaux adjacents éteints. Seule était à son poste une aide-soignante chargée de l'accueil derrière une plaque vitrée percée d'un hygiaphone. Elle les regarda passer d'un œil indifférent. Véronique lui adressa un petit signe de la main, auquel elle ne répondit pas, puisqu'elle bâillait à s'en décrocher la mâchoire.

Le bureau du gynéco se trouvait au fond du couloir au rez-de-chaussée, dans l'aile réservée aux consultations.

À cette heure de la nuit, il était peu probable de rencontrer âme qui vive dans cette partie de l'hôpital. Les femmes en travail étaient prises en charge dès leur arrivée aux urgences, et conduites par l'ascenseur à l'étage où se trouvaient les chambres et les salles d'accouchement. Véronique sortit la clef de sa poche. Pourvu qu'elle ne se soit pas trompée…

Elle dut s'y reprendre à deux fois pour l'introduire dans la serrure tellement ses doigts tremblaient. Ils se faufilèrent dans l'entrebâillement. Elle referma la porte, s'y adossa en poussant un immense soupir de soulagement.

— Où se trouve le bébé pour lequel je dois faire une césarienne ? demanda le cambrioleur qui ne manquait pas d'humour.

Véronique hésita. Bien que ce soit le bureau de son mari, elle n'y avait pas souvent mis les pieds. Tout au plus se souvenait-elle d'un petit coffre-fort encastré dans le mur, comme on en voit dans les hôtels un peu huppés. Soudain, ça lui revint, derrière le tableau accroché sur la droite de la table d'auscultation, avec ses étriers nickelés. C'est là qu'Alban l'avait examinée quand elle avait compris qu'elle était enceinte de Mathilde. Pas un très bon souvenir au demeurant. Alban semblait contrarié alors qu'elle estimait que c'était la plus merveilleuse des nouvelles pour un jeune couple.

— Tu n'es pas heureux ?

— Si, bien sûr. Qu'est-ce que tu vas chercher ?

— Pourquoi tu tires la tronche alors ?

— Je ne suis pas certain d'être le papa idéal.

— Mais si. Tu feras comme les autres, tu apprendras. Tu verras, je suis sûre que notre bébé va te ressembler.

— Ne lui souhaite pas de mal avant qu'il soit né.

Véronique décrocha le tableau et le posa sur le bureau. Le regard de son compagnon s'était allumé. Il s'approcha du coffre et le caressa comme s'il s'agissait du tabernacle hébergeant le calice pour l'eucharistie.

— Vous pensez pouvoir y arriver? demanda-t-elle à voix basse.

— C'est un modèle assez… solide, mais je pense que nous devrions nous entendre.

Il paraissait avoir oublié où il était et même qu'il était là par effraction. Il fit tourner le bouton servant à la combinaison, dans un sens et puis dans l'autre, l'oreille à presque le toucher. Il sortit de la poche de son gilet conservé sous la blouse un jeu de fines clefs qui en ce lieu semblaient être des outils chirurgicaux.

Véronique se tenait près de la porte. Dans la pièce n'était allumée que la lampe posée sur le bureau de son époux. Une lueur diffuse, mais suffisante cependant pour que les rais s'en infiltrent sous la porte.

— Chut! fit-elle soudain sans hausser le ton.

Il lui avait semblé entendre couiner des semelles sur le lino du couloir. Son complice s'immobilisa. Elle ne s'était pas trompée.

— Il y a quelqu'un? C'est vous qui êtes là, docteur Quinet?

La poignée fut agitée énergiquement à plusieurs reprises. Véronique avait eu le nez creux de refermer à clef la porte donnant sur le bureau. Puis on frappa. Une voix grave marmonna, sans doute pour dire que le toubib avait oublié d'éteindre sa lampe, ce qui somme toute n'était pas trop grave. Le premier réflexe de Véronique fut de l'éteindre, la main du jeune homme lui agrippa le poignet. Il la regarda avec insistance en secouant la tête en signe de dénégation. Il avait raison, c'était le meilleur moyen de signaler leur présence.

Les pas s'éloignèrent lentement. Véronique était en nage, elle poussa un profond soupir de soulagement. Son accompagnateur lui sourit. Elle lui fit signe qu'il pouvait continuer.

Quelques minutes lui suffirent pour forcer le coffre.

— Voilà, déclama-t-il d'un ton triomphant. Madame est servie.

XXXVII

Des dossiers dans des chemises à rabat cartonnées. Inscrit sur une étiquette le nom de la patiente. Les cas difficiles, qui exigeaient le secret de la déontologie médicale. Sur ce plan-là, Alban était inattaquable, c'était un bon gynéco, un toubib sérieux, estimé de sa clientèle, délicat et discret. Elle hésita à en explorer le contenu. Ça lui prendrait trop de temps. *A priori*, ils ne risquaient rien, mais il ne fallait pas jouer avec le feu. Alarmé par cette lumière oubliée, le veilleur de nuit pouvait revenir sur ses pas avec les clefs afin de s'assurer qu'il ne se passait rien d'anormal. Elle retira la pile en veillant à en conserver les différents éléments dans le même ordre.

Le jeune homme l'observait. Que cherchait cette femme distinguée dans le bureau d'un médecin ? N'était-il pas en train de s'embringuer dans une affaire plus délicate qu'il ne le pensait ? Ce serait trop con de se faire gauler pour quatre cents misérables euros.

— Vous en avez encore pour longtemps ?

— Non, non…

Dans le coffre, il ne restait plus qu'une grande enveloppe en papier kraft, sur laquelle rien n'était inscrit. Pas très volumineuse. Véronique eut l'intuition immédiate que le contenu n'avait rien à voir avec la profession de son époux. Elle hésita à en vérifier le contenu sur place.

— Je vous assure. Je ne suis pas tranquille. Il faut qu'on y aille maintenant que vous avez trouvé ce que vous cherchez.

Après tout, si Alban constatait la disparition de l'enveloppe, il ne pourrait pas savoir qui la lui avait subtilisée. Elle la fourra sous sa blouse. Elle referma le coffre, raccrocha le tableau.

— On y va.

Le couloir était éteint. Tout au bout luisaient les lumières du hall. Malgré leur volonté de paraître naturels, ils pressaient le pas. La préposée à l'accueil n'était plus à son poste. Véronique n'avait pas pris le temps de la dévisager à l'aller, mais il lui avait bien semblé qu'elle ne la connaissait pas. Sans doute une nouvelle – les arrivées et les départs étaient fréquents dans le service. Celle-ci avait déserté son poste pour fumer dans l'entrée. Quand elle aperçut les deux blouses blanches à travers la double porte vitrée, elle s'empressa d'éteindre sa clope dans le cendrier fixé au mur.

Véronique s'efforçait de ne pas lui prêter attention, elle feignait de discuter avec son cambrioleur, se fendant même de grands gestes, comme s'il s'agissait d'une affaire de la plus haute importance. La porte coulissa automatiquement, la femme entra, baissant la tête avec l'air de s'excuser d'avoir été prise en faute. Véronique et son compagnon continuèrent dans l'allée menant vers les parkings en discutant toujours.

— Bon, va falloir que j'y aille maintenant, fit le jeune homme dès qu'ils furent hors de portée de voix.

— Je ne sais comment vous remercier…

— Moi, je sais.

— C'est vrai, j'oubliais.

Elle sortit de sa poche l'enveloppe contenant la somme convenue.

— Je ne recompte pas, je vous fais confiance.

— Quatre cents euros, en billet de vingt et de dix, comme vous me l'avez demandé. Vous pouvez être tranquille, je n'ai nullement l'intention de vous truander. En contrepartie, je compte sur vous pour respecter le contrat jusqu'au bout. Quoi qu'il arrive, vous ne m'avez jamais rencontrée.

Il sourit.

— Ce sont des documents si compromettants que vous êtes venue faucher dans le bureau du toubib ?

Véronique crut qu'il était sur le point d'exercer du chantage et de demander une rallonge.

— Non. Rassurez-vous. Des lettres personnelles. Une ancienne aventure. Je n'avais pas envie qu'il reste des traces.

— Une histoire d'amour ? J'aime autant ça, vous savez. C'est vrai que, soit dit sans vous offenser, vous êtes encore plutôt gironde.

Cette fois, il lui faisait du charme. Ce n'étaient ni le lieu ni le moment. Elle esquissa un sourire niais.

— Je vous remercie, mais maintenant, il faut vous en aller.

— Dommage, j'aurais pu vous raccompagner et passer un agréable moment en votre compagnie. Vous êtes sûre que vous ne voulez pas boire un verre ? Maintenant que j'ai un peu d'oseille, c'est moi qui vous invite.

Il en devenait presque touchant avec son air d'adolescent mal fini.

— N'insistez pas. Je suis très sensible à la cour que vous me prodiguez, mais j'ai bientôt l'âge d'être votre mère.

— Vous m'auriez eu jeune alors.

Sous ses allures de petite frappe, il maîtrisait l'art de la séduction. Elle lui sourit en secouant la tête.

— Les garçons, vous êtes tous les mêmes…

— Façon de parler, je vous assure que je suis plutôt unique en mon genre. Question bricolage, vous avez vu ce dont je suis capable. Pour tout vous dire, je n'aime pas les petites minettes. Moi, c'est plutôt les femmes épanouies qui me font… rêver.

Il avait failli dire *bander*. La scène prenait des allures surréalistes. Malgré la situation, elle se sentait troublée, sans doute d'avoir enfreint les lois de la légalité. D'avoir décidé de se libérer du joug de son mari. Il l'avait deviné.

— Sans passer pour un obsédé, je voudrais juste vous demander une petite faveur.

Elle tressaillit, pressentant le genre de faveur qu'il s'agissait. Elle ne répondit pas. Ils étaient rendus près d'un massif à proximité de la sortie du CHU.

— Juste vous embrasser et je vous assure que je partirai et que plus jamais vous n'entendrez parler de moi.

— Sinon ?

— Sinon rien. Ce sera tant pis pour ma pomme. J'irai boire un coup tout seul pour me consoler.

Il était conscient de son émoi, de ses hésitations. Il lui prit la main.

— Venez.

Elle avait envie de se laisser faire, bouleversée de plaire encore à un homme si jeune après ces longs mois de déchéance. Il l'attira dans l'obscurité. Elle ne résista pas. Il la serra contre lui.

— Un baiser ? demanda-t-il comme un gamin qui mendie une friandise.

Elle ferma les yeux et lui ouvrit ses lèvres quand sa main se posa sur sa nuque. Elle sentit qu'il la désirait avec la vigueur d'un jeune mâle en pleine sève. Elle ne se déroba pas quand son autre main parcourut son dos sous sa blouse blanche, glissa au bas de ses reins et palpèrent ses fesses à travers le tissu de la jupe. Il la retourna contre lui sans qu'elle proteste encore, lui caressa la poitrine avec l'adresse d'un amant confirmé, doux et brutal à la fois, éveillant en elle des frissons de plaisir et de douleur. Quand ses doigts descendirent vers le creux de son ventre, elle prit conscience de l'incongruité de l'étreinte, du risque de se faire surprendre d'une minute à l'autre. Elle fit un pas en avant.

— On avait dit juste un baiser, non ?

— Pourquoi tu ne veux pas te laisser faire alors que tu en meurs d'envie ?

Elle se mordit les lèvres avant de répondre.

— Parce que ce n'était pas prévu dans le contrat, si mes souvenirs sont bons. C'était très agréable, si vous voulez le savoir, mais si on allait plus loin, nous serions déçus tous les deux. Partez maintenant avant que quelqu'un nous tombe dessus.

— À vos ordres, madame. Si un jour vous avez encore besoin de mes services, pour un coffre… ou autre chose, vous demandez à Jonas de me prévenir. Si c'est pour *autre chose*, cette fois ce sera gratuit.

Elle s'approcha de lui, effleura ses lèvres d'un rapide baiser.

— J'y penserai à l'occasion, filez maintenant.

Il ôta sa blouse et la lui tendit, sortit en pleine lumière et fit mine de se rajuster comme s'il s'était isolé afin de se soulager. Elle récupéra l'enveloppe qui avait glissé dans l'herbe.

XXXVIII

Véronique Quinet mit un certain temps à recouvrer ses esprits. Elle se souvenait de sa première expérience extra-conjugale. Une étreinte à la sauvette dans des conditions plutôt inconfortables, à califourchon sur son partenaire, coincée contre le tableau de bord qui lui meurtrissait le dos à chaque secousse. Si elle n'en avait retiré aucun plaisir, les remords l'avaient en revanche rapprochée de son mari. Les nuits suivantes, elle s'était surprise à lui déployer une fougue inhabituelle. Il en avait été étonné, en avait cependant profité sans faire la fine bouche. Elle le savait assez fin psychologue pour deviner les raisons d'une telle impudeur. Ce en quoi elle ne se trompait pas, des lueurs ironiques dans le regard, des moues éloquentes avec une longue contemplation qui relevait de l'observation suspicieuse. Puis des caresses directes au fondement du « péché », à la limite de la brutalité, comme pour la punir.

— Tu aimes ça, hein ?

Elle secouait la tête en fermant les yeux. Ne répondait pas. S'obligeait à ne pas se dérober.

— Tu me dis si je te fais mal.

— Non, non… gémissait-elle en se mordant les lèvres.

Le prix de la rédemption pour une faute qu'elle ne lui avait jamais avouée. Une seconde lune de miel en quelque sorte, qui avait porté ses fruits, puisqu'elle s'était très tôt retrouvée enceinte de Mathilde. Jamais Alban n'avait fait la moindre allusion au sujet de son joli-cœur, pas même quand il s'était cassé la figure en moto.

Véronique ôta la blouse, trop visible dans l'obscurité. Elle hésita, ne sachant qu'en faire. L'épaisse cotonnade ne portait aucun signe distinctif hormis le logo du CHU. Elle la bouchonna avec celle de son complice et les abandonna au plus creux du bosquet. Elle attendit quelques instants, le temps de le laisser s'éloigner. Elle se sentait encore toute chose, si elle s'était laissé faire jusqu'au bout, à coup sûr cette fois elle en aurait éprouvé un plaisir intense. Plus un bruit, elle se risqua à découvert. Une silhouette se tenait assise sur un banc un peu plus loin. Le jeune loubard n'avait pas renoncé, il l'attendait. Elle fut sur le point de faire machine arrière et de réintégrer sa cachette, mais l'autre l'avait aperçue. Il se leva et s'avança à sa rencontre. Un frisson la parcourut, cette fois elle n'aurait pas la force de se refuser. Soudain elle se rendit compte que ce n'était pas l'homme qu'elle croyait. Prit conscience de son imprudence.

— Mme Quinet… Quelle bonne surprise !

Elle reconnut alors Philippe Lelièvre, le directeur du complexe hospitalier. Il allait lui demander ce qu'elle fabriquait dans le secteur à cette heure de la nuit, découvrir son intrusion, son effraction. Ça se télescopait dans ses méninges.

— Vous êtes venue attendre votre mari, je suppose ?

— Oui… Non… Je passais par là. J'ai eu envie de…

Elle ne trouvait pas les mots.

— De revoir le cadre dans lequel vous travailliez ?

— C'est cela, oui.

— Vous allez mieux ?

Elle se tenait face à lui, avec le sentiment d'une gaucherie extrême.

— Ça va…

— Je demande souvent de vos nouvelles à votre époux. Il me dit que vous avez été très marquée par l'accident que vous aviez provoqué. Que vous avez encore besoin de vous reposer.

— Il ne m'en a pas parlé. Mais ça va mieux. D'autant plus que ce n'était pas moi…

Elle retint sa langue avant de s'embourber une fois de plus dans des explications qui ne le convaincraient pas. Il avait conscience de son trouble.

— Pas vous, quoi ?

— Le brouillard, j'étais fatiguée. Je n'avais rien pu faire.

— Un accident, en effet, la fatalité, c'est toujours imprévisible. Quand on n'a rien à se reprocher, je me suis souvent demandé dans quelle mesure on est vraiment responsable.

Ils restèrent un long moment silencieux, s'observant dans la semi-obscurité. Elle le trouvait d'une cordialité hypocrite.

— Tout le monde vous regrette dans le service, vous savez.

Elle fronça les sourcils, ne répondit pas.

— Moi aussi, pour tout vous dire, ajouta Lelièvre.

Cette fois, il en faisait trop.

— C'est pourtant vous qui m'avez mise au rancart.

Le directeur se figea, la dévisagea, se demandant de toute évidence quelle comédie elle lui jouait.

— Vous me surprenez, Mme Quinet. C'est quand même vous qui avez décidé de nous quitter et de prendre un peu de recul.

— Moi ?

— Eh bien oui… votre lettre de démission.

— Quelle lettre de démission ?

— Celle que nous a remise votre mari quelques jours après vos ennuis.

Véronique chancela. Les lumières des lampadaires qui nimbaient de place en place l'immense parking se mêlèrent en une mouvance diffuse. Elle tituba, avisa le banc à quelques mètres, sur lequel elle eut juste le temps de se laisser tomber avant de s'affaisser sur le sol goudronné.

— Vous ne vous sentez pas bien, Mme Quinet ? s'inquiéta le directeur en s'approchant.

Le brouillard se dissipa. Elle émergea.

— Ça va mieux ?

Elle hésita à dévoiler les raisons de son trouble à cet homme qui lui avait toujours paru inaccessible, caparaçonné dans son statut de responsable de l'imposante machine hospitalière, une fonction qui le déshumanisait. Elle fut cependant sur le point de tout lui déballer, au dernier moment elle préféra se taire.

— Je suis encore sujette à des vertiges. Après mon accident, j'ai traversé une dépression assez grave, j'ai dû être soignée. J'ai arrêté les médicaments, ça devrait aller mieux d'ici quelque temps.

— C'est ce que nous a dit votre mari.

— Il ne vous a rien dit… d'autre à mon sujet ?

Le directeur fit mine de réfléchir.

— Non. Que vous étiez très perturbée, que vous ne désiriez voir personne.

Il s'assit à côté d'elle. Elle oscillait en pleine dérive, contrainte sur un frêle esquif, qui se dérobait sous elle, qui d'une minute à l'autre allait se désagréger et dont elle allait couler dans les profondeurs abyssales.

— Votre lettre de démission. Vous aviez l'air surprise tout à l'heure quand je vous en ai parlé.

— Je ne me souviens pas de l'avoir écrite.

— Elle était pourtant signée de votre main.

Il la dévisageait, elle perdait pied.

— Les pertes de mémoire sont fréquentes dans l'épreuve que vous venez de traverser. Vous savez, il n'y a pas lieu de s'alarmer outre mesure.

Véronique se leva.

— Je vais rentrer, maintenant.

— Vous vous sentez en état de conduire ?

— Je ne conduis pas.

— Comment vous allez faire, alors ?

— Un taxi, je vais appeler un taxi.

— Vous voulez que je vous ramène ?

— Non, je vous remercie de votre amabilité, mais ça va aller.

— Pourquoi vous n'appelez pas votre mari ?

— Surtout pas ! s'écria Véronique sans réfléchir.

Une protestation qui ne fit qu'intriguer un peu plus le directeur.

— Si je me souviens bien, ce soir il avait une partie de bridge, se rattrapa-t-elle. Il ne serait pas ravi que je le dérange.

— En ce cas… Je suppose que vous avez votre téléphone portable ?

— Ne vous inquiétez pas. Je voulais vous remercier, ça m'a fait du bien de parler avec vous.

— C'est normal, je vous ai toujours estimée dans votre travail malgré…

Ce fut à son tour de buter sur les mots.

— Malgré certains… commérages.

Véronique prit une profonde inspiration.

— Sur ce plan-là aussi, ça va mieux, lâcha-t-elle dans un souffle.

— À la bonne heure. Quand vous vous sentirez en état de reprendre, n'hésitez pas à me faire signe, je verrai ce que je peux faire afin de vous réintégrer dans les meilleures conditions. Demandez à M. Quinet de vous servir d'intermédiaire, par exemple.

Ce ne serait pas la meilleure solution. Elle se leva, attendit quelques secondes avant de s'éloigner.

— Véronique !

Elle s'immobilisa.

— Elle n'est pas à vous, cette enveloppe ?

— Si bien sûr, fit-elle en la récupérant.

XXXIX

Des photos. De femmes. Des photos de femmes.

Véronique s'était enfermée dans la salle de bains, terrorisée à l'idée qu'Alban la surprenne, persuadée qu'il devait la guetter, s'être étonné qu'elle ne soit pas encore rentrée alors qu'il était plus de 22 heures. En fait, il n'y avait qu'une seule femme sur les clichés qui tremblaient sous ses yeux, dont l'une en buste, nue, la poitrine dardée vers l'objectif. Pas celle à laquelle elle s'attendait. Pas la jeune rockeuse façon gothique. Déconcertée, elle regarda de plus près afin de vérifier qu'elle ne se trompait pas. Bien sûr qu'elle la connaissait. La salope… Julie Tournis.

Véronique se laissa tomber sur le bidet. La jeune intrigante avait bien dissimulé son jeu, développant une amitié immédiate, une complicité féminine d'une sincérité à toute épreuve, pendant qu'elle offrait ses charmes en cachette à son mari. Pas étonnant que la petite garce n'ait jamais pris de ses nouvelles.

La poignée de la salle de bains couina. Véronique retint son souffle.

— Tu es là ?

Elle était tétanisée, terrorisée à l'idée d'affronter cet homme qui lui semblait à présent son pire ennemi pour des raisons qu'elle ignorait.

— Ça ne va pas ? Tu es malade ?

Le ton était impérieux.

— Si… Si.

— Je me demandais où tu étais *encore* passée.

Véronique s'obligea à respirer lentement. Après ce qu'elle venait de découvrir, elle estimait ne plus avoir de comptes à lui rendre. Elle se leva, s'appuya sur le lavabo. Elle éprouvait curieusement le sentiment de se trouver en danger extrême.

— Tu peux ouvrir, s'il te plaît ?

— Laisse-moi, je suis indisposée.

Une dérobade du ridicule de laquelle elle prit aussitôt conscience. Il se taisait, elle l'entendait soupirer, puis il toussota.

— Ma pauvre… Au point de ne pas être visible ? S'il s'agit d'une véritable inondation, à ton âge il va falloir t'inquiéter.

— Fiche-moi la paix.

— Tu ne m'as toujours pas dit où tu étais restée traîner.

— Je ne pense pas y être obligée.

— Excuse-moi de m'inquiéter de ta personne. Je me disais que tu avais peut-être fait une nouvelle… *connerie*.

Véronique se décida à l'affronter. Elle dissimula l'enveloppe et les photos dans le placard, dans la pile des serviettes éponges. Elle entrouvrit la porte. Il était tendu, le regard noir, inquiétant.

— Je pense n'avoir commis aucune *connerie*, proféra-t-elle en ponctuant chacun de ses mots.

— Décidément, tu as la mémoire courte.

— Laisse-moi passer maintenant. Je suis fatiguée, je vais me coucher.

— C'est vrai, j'oubliais… Les affaires de bonne femme, c'est drôlement épuisant, ricana-t-il.

Elle ne l'avait jamais connu aussi méprisant, à la limite de l'abjection.

— Je t'en prie, fit-elle en tentant de l'écarter de la main.

Il hésita à s'interposer plus longtemps. Elle se faufila vers sa chambre, avec le sentiment de s'extraire d'une situation de violence. Elle se retourna, il l'avait suivie, l'observait, appuyé à la cloison du couloir. L'impression désagréable d'être une proie en sursis. Elle eut besoin de lui signifier qu'elle n'avait nullement l'intention de se laisser faire.

— Je suis allée me balader du côté de l'hôpital.

Il se figea, la bouche entrouverte, le regard fixé sur elle.

— Qu'est-ce que t'es allée foutre là-bas ?

— Revoir les lieux où nous avons travaillé ensemble. Pourquoi ? Ça te dérange ?

— Non, bien sûr. Je trouve cela pour le moins surprenant, c'est tout. Tu as…

— Quoi ?

— Je ne sais pas… rencontré quelqu'un ?

Elle hésita encore, mais elle le sentait tellement sur la défensive à son tour qu'elle eut envie de le traquer un peu plus, une lutte inégale, dans laquelle pour une fois elle aurait peut-être le dessus.

— Puisque tu me le demandes, ça me revient maintenant.

— Ah bon…

Elle marqua une pause. Elle le dévisageait de ses grands yeux clairs, attendant qu'il la questionne.

— Je peux savoir ?

— Philippe Lelièvre.

Il sursauta.

— Tu es allée le voir dans son bureau ?

— Même pas. Il prenait le frais sur le parking. C'est lui qui m'a reconnue, il est venu bavarder avec moi.

— Ce n'est pourtant pas dans les habitudes du grand patron de *bavarder* avec son personnel.

— Il faut croire qu'il avait envie de parler.

— Je me demande bien ce qu'il a pu te raconter.

Il paraissait de plus en plus gêné. Elle avait l'impression de jouer avec le feu, mais avait besoin de se rebeller, de profiter de son avantage.

— Figure-toi qu'il m'a parlé de toi, puisque tu veux tout savoir.

Elle le faisait mariner sciemment, en possession d'armes dont lui n'avait pas encore connaissance. Il s'approcha, elle eut à nouveau le sentiment de se trouver en danger. Elle recula de deux pas dans la chambre, s'apprêtant à en fermer la porte s'il se jetait sur elle. Un face-à-face qui relevait en effet des préludes à la lutte physique.

— Je peux savoir ce qu'il t'a dit à mon sujet ?

Elle décida de tempérer le propos.

— Qu'il te demandait régulièrement de mes nouvelles.

— C'est vrai…

— Que tu t'inquiétais à mon sujet.

— C'est vrai aussi.

— Je lui ai demandé pour quelle raison il avait décidé de se passer de mes services.

Alban encaissa le coup, mit du temps à trouver la parade.

— C'est pourtant assez évident. L'accident, tu t'étais mise à picoler, Lelièvre a toujours été soucieux du bon fonctionnement de son établissement. Je pensais que tu avais compris.

Il bafouillait, engagé sur un terrain pour le moins malaisé.

— Ce n'est pas exactement la version qu'il m'a donnée.

Se tenant sur ses gardes, il la détaillait. Que savait-elle précisément ?

— Le patron a autre chose à faire que de s'occuper des petites misères de ses subordonnés.

— Sans doute. Il a fait état d'une certaine lettre de démission que tu lui aurais transmise de ma part.

Alban gardait le silence. Cherchant de toute évidence le moyen de parer cette nouvelle attaque.

— Tu peux m'expliquer ?

Il ne répondit pas tout de suite. Elle s'interdisait de trembler, de ciller des paupières. Il s'efforça de poser sa voix, qui sonna faux quand même.

— C'était pour te protéger. Après ce qui s'était passé, Lelièvre t'aurait licenciée de toute façon. J'ai pensé que la meilleure solution était de devancer une signification *officielle* qui t'aurait desservie auprès de tes collègues. N'oublie quand même pas que tu as été condamnée par la suite. Une sage-femme lestée d'un casier judiciaire, ce n'est pas ce qui se fait de mieux dans une maternité.

— Tu aurais pu m'en parler.

— Dans l'état où tu étais ? Tu ne comprends pas que j'ai été amené à prendre à ta place les décisions qui s'imposaient ?

Elle le regarda en hochant la tête. Elle referma lentement la porte et tourna la clef dans la serrure, elle était trempée de sueur de la tête aux pieds.

XXXX

Véronique Quinet se trouvait emprisonnée dans un scénario qui la dépassait. Spectatrice et vedette principale à son insu d'un mauvais film, au dénouement imprévisible, mais assurément terrifiant. Remontaient à la surface certains détails qui à l'époque ne l'avaient pas alertée. Ainsi Julie Tournis, elle la considérait alors comme une véritable amie, une affection en apparence réciproque. Véronique comprenait à présent son « ingratitude ». À bien y réfléchir, elles ne s'étaient en effet fréquentées que dans le cadre professionnel. Aucune invitation à domicile de part et d'autre. À entendre Alban, elle abritait une cervelle de moineau dans un châssis de pin-up. Une définition plutôt pertinente vu la relation clandestine et passagère que le gynéco avait entretenue avec la jeune infirmière.

Sur le qui-vive, Véronique vérifia avoir bien fermé à clef la porte de sa chambre. Elle s'allongea tout habillée sur son lit, certaine de ne pouvoir s'endormir. Elle était à la merci d'un étranger, pourtant son époux, le père de sa fille décédée, près duquel elle avait vécu des années. Ils n'avaient jamais partagé une passion torride, une indifférence chronique, ponctuée de convenances obligées, depuis qu'elle s'était retrouvée enceinte en fait. Dans les services de gynécologie, on affirmait que c'était une réaction fréquente chez les hommes, l'enfant accapare la mère et vole l'épouse à son mari. Celui-ci voit son désir s'étioler, justement parce que la femme, en train de changer de statut, se refuse à être la complice du plaisir.

Alban, à propos de qui elle n'était plus sûre de rien. Elle venait de l'acculer dans ses retranchements, une provocation instinctive afin de lui signifier sa ferme intention de se défendre. Sa duplicité éventée au sujet de la démission, elle n'avait lu que haine dans son regard. Elle l'avait senti sur le point d'être violent. Elle ne parvint à somnoler qu'au petit jour, lorsqu'elle entendit son véhicule sortir de la cour et s'éloigner.

Véronique recouvra alors un semblant de sang-froid. Besoin d'agir, de se révolter, ne pas se laisser entortiller dans des rets inextricables. Première offensive : réclamer des comptes à l'autre pétasse. Elle avait noté son adresse un soir de confidences. Un studio dans un immeuble moderne au sud d'Angers, ça ne coûtait rien d'essayer.

Le boîtier de l'interphone. Julie Tournis, cinquième étage, elle habitait toujours au même endroit. Elle n'avait pas osé lui téléphoner. Elle pressa le bouton. Elle était là. Véronique, ton ancienne collègue, tu te souviens? Un long silence. Significatif.

— Véro? Depuis le temps… Qu'est-ce que tu fais là? bredouilla la voix.

— Je passais dans le coin. Je me suis souvenue que tu existais. Je trouve idiot de s'être négligées pendant tout ce temps.

— Oui… Dans le service, tout le monde était au courant que tu n'étais pas bien. Je ne voulais pas t'embêter. Ça va mieux?

— Ça va… Je peux monter te faire un petit coucou?

Nouvelle hésitation. Toussotement embarrassé.

— C'est que je m'apprêtais à sortir.

— Juste histoire de te saluer. Je te promets de ne pas t'embêter bien longtemps. Je finirais par croire que tu n'as pas envie de me voir.

— Qu'est-ce que tu vas chercher… Prends l'ascenseur, c'est au cinquième.

La communication fut coupée. Le déclenchement de l'ouverture automatique de la porte vitrée chuinta. Véronique s'avança dans le hall. Le cœur lui battait comme un beau diable, mais il n'était pas question de renoncer. L'ascenseur monta, la porte coulissa, Julie se tenait sur le palier. Dans ses petits souliers en effet. Le face-à-face dura quelques secondes. En position de force, Véronique laissait à sa rivale l'initiative de la conversation.

— Tu as l'air en forme, bredouilla Julie. Tu ne peux pas savoir comme je suis contente de te revoir.

Elle mentait. Le regard fuyant, ses mains tremblaient. Véronique la fixait avec insistance.

— Ah bon… Je pensais quc tu m'avais oubliée, comme tout le monde.

— Ne crois pas ça… C'est ton mari, il nous avait expliqué que tu préférais être tranquille le temps que tu sois remisc. Mais entre donc…

Un appartement de femme célibataire. Un petit salon, un canapé tendu de tissu à grosses fleurs décolorées, un fauteuil de cuir craquelé, du genre dont les parents se débarrassent chez leurs enfants ou acquis à trois francs six sous chez un antiquaire. Sur le guéridon était posé le téléphone. Une vitrine chargée de bibelots. Julie lui désigna le fauteuil.

— Je t'en prie. Tu veux un café ?

— Je ne voudrais pas te retarder… Tu pars au travail, peut-être ?

— Non. Aujourd'hui, je ne suis pas de service. J'allais faire un tour en ville.

— Les magasins ?

— Si on veut… Enfin… Histoire de prendre l'air surtout.

— Ça se passe bien à l'hosto ?

Véronique la traquait avec jubilation.

— Oui… La routine, avec des hauts et des bas, comme Alban… ton mari, se rattrapa-t-elle, a dû te le dire.

Véronique sourit avec une lueur narquoise au fond des yeux.

— Alban, *mon mari*, n'a pas très envie de me parler de son boulot. Tu le connais…

Elle marqua un silence, Julie se tortillait dans le canapé.

— Tu le connais, insista Véronique, ce n'est pas quelqu'un de très bavard. Assez secret même, si tu vois ce que je veux dire.

Au supplice, Julie tressaillit une nouvelle fois.

— Il y a une question que je me suis souvent posée. Qu'est-ce qu'on pense dans le service de ce *cher* M. Quinet ?

Elle cilla des paupières.

— Je ne sais pas… Je crois que tout le monde estime que c'est un excellent gynéco.

— Oui, sans doute. Mais c'est en tant qu'homme que j'aimerais plutôt savoir ce que les sages-femmes et les infirmières *comme toi* pensent de lui.

Au supplice, Julie se mordit les lèvres.

— Tu viens de le dire toi-même, ce n'est pas dans ses habitudes de s'épancher. Il est sévère, mais c'est normal, c'est le patron, il est responsable du service.

— Et toi, je peux savoir ce que *toi* tu penses de lui ?

Véronique avait haussé le ton, à la limite de l'agressivité à présent. La jeune femme battit en retraite vers la cuisine sans avoir répondu.

— Je t'avais promis un café. Tu veux du sucre ?

— Non, je te remercie.

Il était temps maintenant de livrer bataille en terrain découvert. Véronique Quinet sortit la photo trouvée dans l'enveloppe et la positionna bien en vue au milieu de la table basse, face au canapé. Le plateau entre les mains, Julie s'immobilisa, elle avait aperçu le cliché la représentant les seins à l'air. Les tasses tremblaient sur leurs soucoupes. Elle hésita, jeta un coup d'œil en direction de sa visiteuse.

— Un problème, Julie ?

Celle-ci posa le plateau sur la photo compromettante.

— Non, non…

Elle était blême.

— Tu n'as toujours pas répondu à ma question.

— Quelle… question ?

— Je te demandais ce que tu pensais de mon mari.

— Rien. Rien de spécial en tout cas. Je ne le connais pas beaucoup, tu sais.

— Assez quand même pour te mettre à poil devant lui.

Julie poussa un petit cri.

— Tu peux me raconter ?

— Te raconter quoi ?

— La photo, là, sur la table. Tu n'as peut-être pas eu le temps de bien la regarder ?

Véronique souleva le plateau et la plaça sous le nez de sa collègue.

— C'est bien toi, n'est-ce pas ?

— Comment tu as eu cette photo ?

— C'est Alban qui me l'a donnée. Il souhaite repartir du bon pied dans la vie. Il a décidé de ne plus rien me cacher. C'est lui qui m'a avoué que tu étais sa maîtresse. Tu confirmes ?

Julie se liquéfiait.

— Oui… balbutia-t-elle. À mon arrivée dans le service. J'étais jeune, naïve, une vraie oie blanche. J'avais peur de lui, je croyais que ce genre de coucherie était une pratique courante dans la médecine.

— Que le patron se tape ses subordonnées ? Tu regardes trop la télé, ma pauvre fille. Ça a duré combien de temps votre cinéma ?

— Pas très longtemps. Quelques semaines. C'était bien avant ton accident.

Julie poussa un profond soupir, libérée de toute évidence d'un fardeau énorme.

— Tu me prends pour une salope, hein ?

— Même pas. Pour être franche, ce n'est pas Alban qui m'a transmis cette photo, il ne m'a pas dit non plus que vous couchiez ensemble. Il ne m'a rien dit du tout en fait. Entre lui et moi, il y a longtemps que c'est au point mort côté câlins. Autrement dit, je m'en fiche qu'il aille tremper son pinceau à droite et à gauche. Ça me faisait juste chier que ce soit avec toi.

Julie esquissa un pâle sourire.

— Moi aussi, mais quand ça avait commencé, nous n'étions pas encore amies.

— C'est toi qui as décidé de rompre ?

— Oui, je me trouvais dégueulasse par rapport à toi. Et puis, il avait rencontré une autre bécasse.

— Tu en es sûre ?

— Je l'ai aperçu en compagnie d'une jeune femme. Elle l'attendait à la sortie de l'hosto. Quand je dis une *femme*, c'était plutôt une ado avec un drôle de look. Sans cela, je ne l'aurais sans doute pas remarquée.

— Tu peux me la décrire ?

— Je croyais que tu t'en fichais.

— Juste pour savoir.

— Elle était habillée tout en noir. Le genre bohême, si tu vois ce que je veux dire. Elle avait l'air de lui faire une scène. Il paraissait vachement emmerdé, il l'a invitée à monter dans sa voiture et ils sont partis.

Véronique sortit alors la photo de Mathilde Bergeret.

— Ce ne serait pas cette fille, par hasard ?

Julie prit la photo et la regarda longuement.

— Si, c'est elle. Tu la connais ?

— Non. J'ai trouvé cette photo avec celle où tu montres tes nénés.

XXXXI

Alban Quinet connaissait donc Mathilde Bergeret. Dans quelles conditions s'étaient-ils fréquentés ? Une liaison parmi celles entretenues par la rockeuse avec des hommes plus âgés, certes, mais pas seulement. Une autre hypothèse s'imposait à Véronique : le père de Mathilde était toubib, il était évident qu'elle l'avait expédié dans le décor. Un jeu similaire avec le kiné, lui aussi disparu dans un accident de la route, toujours pour des raisons inexpliquées. Alban était médecin, une coïncidence ?

Véronique éprouvait une angoisse teintée d'exaltation. À 17 ans, elle s'était risquée au saut à l'élastique. Un cadeau d'anniversaire offert pas des copines qui lui reprochaient d'être trouillarde. Jamais elle n'oublierait sa frayeur au moment de se précipiter dans le vide. Elle aurait tout bonnement renoncé si le moniteur ne l'avait poussée de la plate-forme. Face à l'ennemi installé dans son quotidien, elle se trouvait dans le même état d'esprit, mais sans personne cette fois pour l'obliger à passer à l'acte.

Véronique revint de chez Julie Tournis au crépuscule, la voiture d'Alban n'était pas là, il n'était pas encore rentré. Cela lui laissait le temps de composer le personnage en mesure de l'affronter. Préparer le terrain. S'assurer de ne commettre aucune imprudence, si ce n'était déjà fait. L'enveloppe subtilisée dans le coffre-fort à la maternité, par exemple. Il n'était pas impossible qu'Alban ait déjà constaté sa disparition. Quelle erreur de l'avoir emportée au lieu de se contenter d'en prélever le contenu ! Elle se précipita dans la salle de bains, le placard sous le lavabo. Les serviettes avaient été dérangées.

— Tu cherches quelque chose ?

Véronique eut le souffle coupé. Alban se tenait dans son dos, il lui avait tendu un piège après avoir dissimulé son véhicule.

— Non… Je m'apprêtais à prendre une douche.

— Ce n'est pas trop tôt en effet de te soucier de ta petite personne après t'être si longtemps négligée, hocha-t-il la tête d'un air entendu.

— Laisse-moi, s'il te plaît. J'ai besoin d'être seule.

— Pudique ? Mon dieu, je suis ton mari ! Je t'ai connue moins farouche.

Véronique remarqua alors qu'il tenait à la main l'enveloppe dont elle s'était inquiétée.

— C'est cela que tu cherchais, n'est-ce pas ?

Démasquée, elle tenta de se justifier en bafouillant des propos inintelligibles. Lui, souriait, un rictus narquois qui lui glaça les sangs.

— C'est curieux, j'avais la même enveloppe dans mon bureau à la maternité. Dans le petit coffre-fort.

Elle ne trouvait rien à répondre.

— Si mes souvenirs sont bons, elle contenait même quelques photos… personnelles. En tout cas, qui ne te concernaient pas. Tu peux m'expliquer comment cette enveloppe est parvenue jusqu'ici ?

Elle secoua la tête.

— Non… Je ne comprends pas…

— Mais si. Fais un effort. Je te l'ai dit, je m'inquiète de toi depuis un certain temps. De savoir ce que tu fais de tes journées désœuvrées, où tu vas, les gens que tu rencontres. C'est normal, je suis ton mari.

— Tu m'as espionnée ?

— Comme tu y vas… Les grands mots, tout de suite. Depuis ton accident, j'avais deviné que tu étais capable de prendre des initiatives plutôt… malheureuses. Tu t'étais mise en tête de fouiner dans mes affaires, mais tu n'es pas assez finaude pour pratiquer ce jeu-là. Je suppose que tu es allée importuner la petite Tournis. Soit dit en passant, c'était une bonne affaire. Comme tu as pu en juger, elle était bien fichue, et elle n'avait pas froid aux yeux.

À gestes lents, Alban referma la porte à clef dans son dos. La salle de bains était exiguë. Véronique était prise au piège.

— Qu'est-ce que tu fais ? Laisse-moi, je te dis.

— J'ai tout mis en œuvre afin de t'éviter des ennuis, mais tu n'as pas voulu m'écouter. Maintenant, c'est trop tard. Tant pis pour toi, tu es allée trop loin…

Il allait s'en prendre à elle physiquement. Véronique chercha de quoi se défendre. Une paire de courts ciseaux à bouts ronds sur l'étagère sous la glace, une arme dérisoire, qu'elle brandit cependant.

— Ne t'approche pas, sinon…

— Sinon ?

— Je te préviens, je ne me laisserai pas faire.

— Crois-tu avoir vraiment le choix ?

Le visage sévère, dans les yeux la cruauté du prédateur sûr de son fait. Il tendit vers elle une main ferme, elle leva son « arme ». Il ne lui laissa pas le temps de s'en servir, bloqua son poignet et dans le même mouvement lui tordit le bras dans le dos en la faisant pivoter.

— Là, Véro… Sois gentille, je t'en prie. Ne me laisse pas de toi une image pitoyable.

Il la tenait plaquée contre lui, elle sentait son souffle chaud sur sa nuque, elle voyait leurs deux visages dans la glace. Un moment, elle crut qu'il allait la trousser et la forcer par derrière afin de la punir. Elle tenta de se dégager, mais il était beaucoup plus fort qu'elle. De sa main libre, il lui attrapa son autre bras et lui fit rejoindre le premier. Sa pogne n'eut aucun mal à enserrer les deux poignets.

— Arrête ! Tu n'as pas le droit !

— Fallait réfléchir avant.

Elle sentit une cordelette s'enrouler autour de ses poignets. Il avait tout prévu, elle était terrorisée.

— Qu'est-ce que tu vas me faire ?

— Pour être honnête, je ne sais pas encore. Parler tout d'abord. J'ai beaucoup de choses à te dire, tu sais, Véro. Des choses qui vont te surprendre. Sur ce plan-là, tu peux me faire confiance.

Il déverrouilla la porte en la tenant toujours. La souleva et la plia en deux en travers de son épaule. Il la porta dans le salon comme un vulgaire sac. Sans ménagement, il la jeta en travers du canapé. Elle vivait un cauchemar atroce face au monstre issu d'une métamorphose qu'elle n'avait pas pressentie. Elle allait se réveiller. Mathilde, sa fille, serait là, lui caresserait la joue de ses doigts graciles dont la pulpe était si douce.

« Tu t'étais endormie, maman. C'est normal, tu es fatiguée. Fallait pas t'inquiéter, je suis rentrée à pied. Tu sais bien que j'aime marcher… »

L'autre Mathilde n'existait que dans son rêve. Jamais elle n'avait été alcoolique. Alban l'aimait, il avait toujours été gentil avec elle.

Alban alluma l'une de ses cigarettes dont elle avait horreur. Il en exhala les volutes de fumée vers le plafond.

Lui, affichait un calme absolu. Il prenait son temps, feignant pour l'instant de se désintéresser de sa proie. Du bar il sortit une bouteille de whisky pas encore entamée et un verre qu'il posa sur la table basse.

— Je ne t'en propose pas. Je suppose que dans de telles circonstances, tu n'as pas le cœur à trinquer avec moi.

Elle écarquillait les paupières, suivait chacun de ses gestes. Il s'installa dans l'un des fauteuils et se servit une ample rasade dont il aspira une gorgée.

— Hum… Fameux. Tout à l'heure, tu pourras en boire autant que tu veux. Tu verras, quinze ans d'âge, il en vaut la peine. Mais nous avons tout notre temps, maintenant que tu es calmée.

XXXXII

Allongée sur le canapé, Véronique avait les mains coincées sous ses reins. Les poignets ankylosés, les liens lui meurtrissaient la peau. Elle n'osait cependant ni bouger, ni se plaindre. Chaque seconde durait une éternité. Pour l'instant, Alban ne lui avait pas fait vraiment de mal, peut-être s'appliquait-il simplement à lui flanquer la trouille pour la dissuader d'être curieuse.

— C'est cette veste qui m'a mis la puce à l'oreille. Je ne sais pas comment tu l'as retrouvée, mais tu n'aurais pas dû la rapporter à la maison.

Elle ne répondit pas.

— Tu n'es pas obligée de m'expliquer. Au fond, tu as bien fait, puisque c'est là que je me suis douté que tu préparais un coup fourré.

Il passa une main dans ses cheveux.

— Par où commencer…

Il feignait de réfléchir.

— Si. Je tiens le début de notre feuilleton. Tu m'excuseras si ce n'est pas dans l'ordre strictement chronologique, mais je te promets qu'à la fin tu t'y retrouveras. Le clébard. Ça te rappelle quelque chose ?

Elle ne répondait pas.

— Ça va te faire plaisir. Tu ne t'étais pas trompée, c'était bien un chien qui s'était jeté sous tes roues. Après que tu m'as parlé d'elle, j'ai rencontré sa propriétaire, moi aussi. Une gentille fillette en apparence, mais je ne sais pas ce qui lui a pris. Quand j'ai voulu lui refiler un peu d'argent pour qu'elle arrête de parler à tout le monde de son foutu cabot, elle s'est mise à trembler. Puis elle s'est enfuie, et elle est tombée dans une sorte de ravin.

— Ce n'est pas toi qui…

— Qui l'a poussée ? Je crois bien l'avoir aidée un peu, mais elle n'avait qu'à tenir sa langue.

— Les gendarmes m'ont dit qu'elle est morte.

— Parce que t'es allée voir les flics par-dessus le marché ! Décidément, il était temps que je prenne les affaires en main. Philomène a payé le prix fort, en effet, mais c'est de ta faute, aussi. Si tu n'avais pas voulu remuer la merde, rien de tout cela ne serait arrivé, et la pauvre gosse serait encore vivante.

Véronique était terrassée. Alban la contemplait en ricanant, avec un sourire triomphant. Un cynisme révoltant.

— Revenons à ce soir-là, si tu veux bien. C'était donc un clébard qui t'avait cassé ton phare, là-dessus aucun doute. En revanche, tu faisais fausse route quand tu supposais qu'il y avait eu deux accidents.

— Et Mathilde Bergeret, alors ?

— Ne va pas trop vite. Je suis au courant que tu es allée interroger sa mère à plusieurs reprises. Elle n'a pas dû te cacher que sa gamine était une vraie branleuse, dans le sens littéral du terme. Elle n'avait pas son pareil pour fourrer sa main dans la braguette des mecs qui l'intéressaient. Tu vois, tu as eu beau jouer à la détective, tu n'as pas découvert qu'elle et moi, nous avions une… petite liaison.

Véronique se garda bien de le contredire, de faire état de la boucle d'oreille, des confidences de Julie Tournis.

— C'était une sacrée louloutte qui savait ce qu'elle voulait. Elle avait un faible pour les hommes mariés, surtout les toubibs. Alors pourquoi pas, puisque les galipettes entre toi et moi, ce n'était plus à l'ordre du jour ? Ça aussi, il va falloir que je t'explique. Tu vois, tu vas en apprendre des choses.

Il marqua une pause, savoura une nouvelle lampée de whisky.

— Je ne sais pas comment elle avait découvert mon existence ni pour quelle raison elle avait jeté son dévolu sur moi. Toujours est-il qu'elle s'est arrangée pour obtenir une consultation à la maternité. Elle prétendait être enceinte, elle voulait vérifier, m'a-t-elle expliqué en se déculottant. Elle n'était pas très épaisse, mais bien foutue et terriblement excitante avec ses petits seins et son pubis rasé. Quand elle s'est retrouvée les jambes en l'air et les pieds dans les étriers, elle n'a pas été longue à me faire comprendre ce qu'elle désirait. J'avoue avoir hésité, mais je n'ai pas eu le courage de résister. Il paraît que tous les hommes développent une certaine tendance pédophile.

Véronique avait l'impression de s'entendre débiter un mauvais roman de quai de gare.

— J'aurais dû me méfier pourtant. Tu vas rire, je me suis fait avoir comme un perdreau tout juste tombé du nid. Elle a commencé à exercer du chantage. À l'entendre, j'avais profité de la situation pour lui faire des avances, et comme elle se refusait, j'avais abusé d'elle. Pour la dissuader de faire du grabuge, je lui filais de l'argent. Je la désirais, elle me tenait par le fond du slip, pour tout te dire. Un jour elle me menaçait, le lendemain, elle se donnait à moi et crois-moi, au plumard elle savait y faire.

Alban se leva et effectua un tour dans la pièce. Il s'arrêta devant la fenêtre donnant sur le jardin. C'était le moment de s'enfuir. Véronique gigota pour se lever, la voix d'Alban la glaça.

— Ne fais pas la maline. Attachée comme tu es, tu n'irais pas bien loin. De toute façon, je n'en ai pas fini.

Il revint s'asseoir, mais pas dans le même fauteuil, comme s'il souhaitait la voir sous l'autre profil.

— Où en étais-je? Ah oui, Mathilde, cette petite garce de Mathilde. Je commençais à en avoir assez de lui refiler du fric. Alors je lui ai téléphoné afin de lui faire part de mon intention d'arrêter. Elle est devenue folle. Elle m'a dit que cette fois, elle était enceinte pour de bon et que si je la laissais tomber, elle foutrait le bordel dans ma vie et dans mon boulot. Elle en était capable… Je l'ai rassurée, je lui avais dit ça juste pour la tester, je n'avais pas envie de la quitter. Je lui ai fixé un rendez-vous afin d'essayer de lui faire entendre raison. Au CHU, c'était hors de question. Je lui ai laissé le choix du lieu. Elle m'a indiqué un ancien entrepôt où elle répétait avec une bande de tordus qui croyaient faire de la musique. Nous nous sommes retrouvés là-bas tous les deux, un endroit sinistre, sombre et humide, qui tombait en ruine. J'étais persuadé qu'elle me faisait du cinéma, qu'elle n'était pas enceinte. Je lui ai demandé de me dire la vérité. Elle me soutenait dur comme fer qu'elle attendait un bébé de moi. Je lui ai proposé de l'examiner, elle est entrée dans une furie noire. Je n'étais qu'un salaud, qu'elle criait, elle filait de ce pas à la gendarmerie. J'ai essayé de la retenir, elle s'en est prise à moi. Sous son côté freluquet, elle était plutôt costaude. Elle voulait m'arracher les yeux, et si elle n'y était pas parvenue, j'étais bon pour avoir le visage lacéré. Je l'ai repoussée, elle est tombée. Je ne lui ai pas laissé le temps de se relever. J'ai saisi à tâtons un bout de ferraille sur le sol et j'ai frappé de toutes mes forces à l'aveuglette. Un seul coup, à la tempe. Les yeux écarquillés, elle ne bougeait plus. Je suis d'accord avec toi, c'est affreux, mais je n'avais pas le choix.

Véronique ne voyait toujours pas le rapport entre cette dispute d'amants et l'accident avec le chien. Alban ménageait ses effets, avec la jubilation évidente de faire durer le plaisir.

— Mathilde était morte. Pour être honnête, je n'en étais pas chagriné outre mesure, plutôt soulagé même, depuis le temps qu'elle me faisait marcher. J'étais quand même bien embêté. Si j'abandonnais le corps dans l'entrepôt, il serait découvert aussitôt sa disparition signalée, puisque c'était le local de répétition de son groupe de rock. J'avais trop peur d'avoir commis quelque maladresse et que l'on remonte jusqu'à moi, il fallait faire disparaître le corps, que les flics croient qu'elle avait fugué et que personne ne savait où elle était passée. J'ai tout inspecté. Bien m'en a pris, dans l'empoignade, elle avait perdu une boucle d'oreille. J'ai fourré son corps dans le coffre de ma voiture, avec l'intention d'aviser le lendemain. Je ne pensais pas que tu me fournirais la solution. C'est dommage, je n'étais même pas en mesure de te remercier.

Véronique commençait à comprendre.

— Quand tu m'as raconté cette histoire de chien que tu avais percuté et pas retrouvé, j'ai compris aussitôt le parti à tirer de la situation. Tu avais bu ce soir-là, comme tous les soirs. Je savais que les flics ne te croiraient pas. Je suis retourné à l'endroit que tu m'avais indiqué avec tant de précision. La pancarte, tu te souviens ? J'ai déposé le cadavre de Mathilde dans le fossé. J'ai inspecté les alentours. Tu avais raison, aucune trace du chien qui avait cassé le phare de ta Clio, que j'ai pris la peine d'essuyer en rentrant. Il ne me restait plus qu'à croiser les doigts pour que les flics fassent bien leur boulot et remontent jusqu'à toi.

Véronique était bouleversée. Machiavélique, le plan de son époux avait de surcroît bénéficié du témoignage du patron du bistrot où elle s'était arrêtée avant de rentrer.

— Pourquoi tu as choisi de me faire accuser ? Tu aurais pu déposer le corps ailleurs. La police aurait pensé qu'elle avait été renversée par un chauffard qui avait filé sans demander son reste. Pourquoi tant de haine ? Moi, je ne t'ai jamais fait de mal.

— C'est en effet une question que tu es en droit de te poser. Il est de mon devoir d'éclairer ta lanterne.

XXXXIII

— Es-tu bien certaine de ne m'avoir jamais fait de mal ?

Bien que cisaillée par ses liens, Véronique sursauta. Alban s'approcha du canapé. Les mains sur les épaules de son épouse, il la dominait, son visage à quelques centimètres du sien et son regard foré dans ses pupilles. Elle chercha à déglutir, ne trouva pas de salive dans ses muqueuses asséchées.

— Oui… Ou alors, ce serait sans en avoir eu conscience…

— Pourtant, c'est toi qui as foutu notre ménage en l'air.

Véronique fronça les sourcils.

— Tu ne vois pas comment ? Allons, réfléchis un peu. Quand nous nous sommes mariés, tu te souviens quand même que nous ne parvenions pas à avoir d'enfants.

— Nous avons eu Mathilde.

Alban secoua la tête d'un air navré, affichant un sourire douloureux.

— Mathilde. Ah oui, Mathilde, c'est vrai. Tu as eu de la chance qu'elle ne ressemble pas à son père…

Elle comprenait de moins en moins.

— Autant que je pouvais en juger, tu étais de morphologie propice à enfanter. Comme j'avais beau tenter de t'ensemencer sans succès, j'ai fait analyser mon sperme incognito. Figure-toi que je suis stérile.

Véronique resta bouche bée.

— Oui, je n'ai pas dans mes burnes les petits têtards qui donnent des enfants. Tu commences à comprendre, n'est-ce pas ? C'est bizarre, hein ? Et pourtant, il fallait que je me rende à l'évidence, Mathilde n'était pas de moi.

Elle tremblait.

— Je sais même qui était son père. Toi aussi, bien que tu joues les saintes-nitouches. Mais paix à son âme, comme disent les curés.

Dans la tête de Véronique se précisait une certaine image. Cette étreinte à la sauvette pour se venger de l'indifférence d'Alban. Elle suffoquait.

— Je n'ai jamais pensé que tu étais une pute. Sinon je ne serais pas resté avec toi. Je suis même persuadé que tu ne m'as trompé qu'une fois. Avec le jeune con qui te tournait autour et que tu semblais apprécier.

— Je te jure que ce n'était qu'un moment d'égarement.

— Qui a porté ses fruits. Remarque, je ne lui ai pas laissé loisir de se vanter de s'être tapé la femme du patron.

— Qu'est-ce que tu veux dire ?

— Une moto, ça se bricole. Finalement, ce n'est pas un engin très fiable. Il suffit de dévisser quelques boulons, et hop ! Ça part dans tous les sens.

— Tu l'as tué ?

— Disons que comme pour la petite Philo, j'ai donné un coup de main au destin. Remarque, en y réfléchissant bien, c'est plutôt toi la responsable une fois de plus. Si tu ne lui avais pas offert tes fesses et ouvert tes cuisses, le pauvre garçon serait encore de ce monde. Comme Philo.

Véronique était anéantie. Horrifiée bien sûr du crime commis par son époux, mais aussi de découvrir que celui-ci l'aimait au point de lui pardonner son erreur et de continuer à vivre avec elle. Il suivait le cheminement de ses pensées.

— Oui, je suis resté à tes côtés. Tu désirais des enfants et je n'étais pas en mesure de te les offrir. Un constat dégradant pour un homme. Alors j'ai fait la part des choses, donnant donnant. À chacun sa chaîne et son boulet. À cette époque-là, je ne l'ai pas regretté. Quand Mathilde est née, je me suis pris à l'aimer comme ma propre fille.

Alban allait la détacher et ce serait la fin du cauchemar. Véronique avait cependant l'intuition qu'il manquait une pièce au puzzle. Une pièce essentielle, nécessaire pour comprendre la résurgence de la haine d'Alban, alors qu'il venait de lui dire qu'il lui avait pardonné son écart. Pourquoi l'avait-il fait accuser ?

— C'est parce que Mathilde est morte…

— Oui… Cette nuit-là, la pauvre petiote a essayé de te joindre, mais pas de pot, la batterie de ton portable était déchargée. Comme tu ne répondais pas, elle s'est décidée à m'appeler, elle avait pris la route à pied. Toi, tu ronflais comme une bienheureuse dans le canapé alors que ta fille était seule dans la nuit. J'ai pris la route sans te réveiller. J'ai retrouvé Mathilde. La pauvre, elle était épuisée. Je l'ai aidée à monter à bord de mon véhicule, puis j'ai fait demi-tour. J'étais tellement révulsé de ton inconséquence que j'ai eu envie de me venger, de lui dévoiler quelle mère tu étais pour t'être endormie malgré ta promesse de venir la chercher. Je lui ai même révélé la vérité sur sa naissance.

La voix d'Alban était devenue rauque. Véronique était pétrifiée, mais elle était loin de se douter du dénouement de cette sinistre soirée.

— Mathilde m'écoutait sans bouger. Une statue, on aurait dit qu'elle ne m'entendait pas. Soudain, elle a ouvert la portière et avant que j'aie eu le temps de l'en empêcher, elle s'est jetée hors du véhicule. Elle s'est mise à courir au milieu de la route. Je l'ai suivie afin de la récupérer et de la raisonner.

Alban se prit la tête entre les mains.

— C'est alors que le drame s'est produit. Au moment où je la dépassais, elle a trébuché et elle est tombée devant la voiture. J'ai freiné à mort, mais je n'ai rien pu faire pour l'éviter.

Il marqua une pause.

— Je n'oublierai jamais le bruit affreux de son corps contre mon pare-chocs. J'ai fait marche arrière. Je suis descendu, elle était allongée au milieu de la route. Je l'ai prise entre mes bras. Elle respirait encore, elle essayait de sourire, mais au bout de quelques secondes, son cœur a cessé de battre.

Véronique poussa un gémissement terrible. Alban avait les yeux exorbités, sa mâchoire inférieure tremblait comme s'il allait se mettre à sangloter, mais dans son regard luisaient des éclairs de haine encore plus puissants.

— J'avais tué ma fille. C'est affreux, n'est-ce pas ? Mais c'est de ta faute si tout cela est arrivé. C'est de ta faute si Mathilde est morte. Et j'allais devoir endosser ta responsabilité, être emmerdé par la police, perdre mon boulot à cause d'une connasse comme toi ? Il n'en était pas question. Je l'ai déposée délicatement dans le fossé, j'ai pris son téléphone et je suis rentré. Tu dormais toujours, tu me faisais horreur. Oui, ce soir-là, j'ai failli te tuer, je suis même allé chercher un couteau dans la cuisine, mais je t'ai entendue te réveiller, partir comme une folle. J'espérais que tu découvres le corps de ta fille, ce qui n'aurait été qu'un juste châtiment.

Sa voix s'éraillait de plus en plus, Véronique comprit que sous la carapace stagnait une démence latente depuis longtemps. Elle se taisait, n'ayant pas la force de se défendre, d'invoquer une quelconque fatalité. De toute façon, ce serait inutile.

— Cette nuit-là, je me suis retrouvé au fond du gouffre, continuait Alban en grimaçant de plus belle. Alors, j'ai décidé de me venger d'une façon ou d'une autre. Tôt ou tard.

— Pourquoi as-tu attendu si longtemps ? Tu aurais pu me tuer si tu en avais vraiment l'intention.

— Trop facile. Un crime, ça ne dure que quelques secondes. Je préférais te faire basculer dans la déchéance, me délecter à te détruire à petit feu, puisque tu avais trouvé refuge dans l'alcool. Quand tu n'aurais plus été qu'une épave, je t'aurais dévoilé ce qui s'était passé. Mais chapeau ! Tu m'as épaté, je ne te soupçonnais pas la force de réagir, l'impudence de surcroît de t'acharner à me traquer dans ma vie intime, alors que de toi-même tu t'en étais exclue en t'envoyant en l'air avec l'autre guignol. Mais tu as raison, j'ai assez attendu. L'heure est venue de régler ta dette.

XXXXIV

— Un petit whisky, Véro ?

Elle crut ne pas avoir bien entendu.

— Tu boiras bien l'apéro avec moi ?

Un sourire effrayant, il développait à présent une vulgarité abjecte. De moins en moins maître de ses réactions.

— Oui, je veux bien, en profita Véronique. Mais pour trinquer avec toi, il faudrait d'abord que tu me détaches.

Alban ricana.

— Tu as raison, Véro. Où ai-je la tête ?

Il fit mine de la retourner afin de la libérer. Puis il éclata dc rire.

— Pas si bête, ma belle. C'est bien tenté, mais je sais qu'à la première occasion, tu vas me fausser compagnie. Remarque, je ne peux pas t'en vouloir. Si j'étais à ta place et si je savais ce qui m'attend, j'en ferais de même. Non, je vais t'aider à boire. Te donner le biberon comme si tu étais…

Il hésita. Puis son visage se tordit d'une grimace cruelle.

— Ma petite fille. Oui, c'est ça, comme si tu étais Mathilde. Tu sais bien, Mathilde ? La fille du péché, la fille de l'amour. La malheureuse dont tu n'as pas pris le temps de t'occuper une certaine nuit.

Il empoigna la bouteille, s'assit à côté d'elle et lui renversa la tête en arrière. Le goulot s'appuya sur ses lèvres.

— Ouvre la bouche, Véro. Ce serait dommage de tacher un si joli chemisier.

— Arrête, je t'en supplie. Tu n'as pas le droit de me faire boire contre ma volonté.

— Pourquoi tu fais la bégueule ? Fut un temps où une bouteille comme celle-ci ne te faisait pas peur. Allez, bois un coup, c'est moi qui régale, et de bon cœur.

De sa main libre, il lui pinça les narines. Pour ne pas suffoquer, Véronique fut obligée d'entrouvrir les lèvres. Le goulot s'y immisça, le liquide coula dans sa bouche. Elle manqua de s'étrangler, avala de travers, toussa.

— Voilà, c'est bien. Je vois que tu n'as pas oublié combien c'était bon. Moi-même, je t'accompagnerais volontiers, mais je ne voudrais pas te priver.

Elle était terrorisée.

— Allez, encore un effort, fit Alban en forçant de nouveau le passage.

L'alcool lui brûlait les gencives et la gorge.

— Ah ! Là, je te retrouve, ma belle Véro. Une hussarde, une poissarde. Bon dieu, quelle femme !

La bouteille avait diminué de moitié, mais il ne la tenait pas quitte pour autant.

— Tu sais ce qu'on va faire quand tu auras bu tout ton soûl ?

Elle haletait, peinant à reprendre son souffle entre deux déglutitions.

— Tu vas prendre un bain dans la piscine. Ce n'est pas une bonne idée, ça ? Un petit plongeon, histoire de décuiter.

La tête lui tournait déjà, elle n'avait plus la force de résister. La bouteille fut bientôt vide.

— Eh bien, voilà… Quand je te disais que tu en viendrais à bout. J'en étais sûr. Chose promise, chose due. On va sortir prendre l'air maintenant et faire trempette.

Ses pensées se perdaient dans un halo de brume, son corps lui échappait. Véronique se laissa faire sans protester quand il entreprit de la relever du canapé. Ses pieds ne lui obéissaient plus, il la guidait en la soulevant, appuyée contre lui.

— Laisse-moi, Alban… balbutia-t-elle. J'ai sommeil, je veux aller dormir.

— Bien sûr, mais avant, il faut prendre un bon bain. Tu empestes la transpiration, ma pauvre Véro.

L'air du parc la tira de la léthargie qui la gagnait. Elle arqua son corps afin de réagir.

— Allez ! Viens ! On n'est plus très loin.

Il la poussa dans le dos en tenant d'une seule main ses poignets ligaturés. Elle accepta encore d'avancer, en titubant de plus en plus. Soudain elle vacilla, s'affaissa en arrière entre les bras d'Alban. Il comprit qu'il devrait la porter s'il entendait parvenir à ses fins.

Il n'y avait pas que dans sa tête que ça tournait. Véronique sentit soudain une nausée irrépressible lui remonter dans la gorge. Incapable de se retenir, elle vomit d'un coup une bonne partie du whisky qu'Alban lui avait fait ingurgiter. Celui-ci n'eut pas le temps d'éviter le jet répugnant. Le poitrail maculé, il la repoussa en arrière en jurant. Elle s'affala dans l'herbe comme une loque. Écœuré, il la souleva en lui saisissant les bras et une jambe et la traîna sans ménagement jusque sur le bord de la piscine. Elle n'était plus en état de comprendre ce qu'il lui disait, mais il lui expliquait quand même, fier du plan qu'il avait élaboré.

— Je vais te détacher. Ivre morte tu seras tombée à l'eau et tu n'auras pas eu la force de remonter. Tu te seras noyée. Un accident, un nouvel accident, tout le monde sait que tu picoles. Même que la dernière fois que nous sommes allés au restaurant, j'ai été obligé de te ramener avant la fin du dîner, il y a un témoin qui pourra le certifier. C'est moi qui te découvrirai demain matin. J'appellerai les pompiers, mais il sera trop tard, bien sûr. Compte sur moi pour jouer le mari effondré. Comme tu as déjà eu l'occasion de le constater, je ne suis pas trop mauvais comédien.

Il lui releva le buste afin de la placer en position assise face à la piscine.

De s'être délesté les tripes, Véronique avait recouvré une certaine lucidité. Alban s'accroupit dans son dos afin de dénouer la cordelette qui lui enserrait les poignets, puis il revint face à elle. Véronique feignait d'être encore en plein brouillard. Au moment où il glissa les mains sous ses aisselles, elle se laissa tomber en arrière et de ses pieds joints en pleine poitrine le propulsa dans la piscine. Déjà, elle se relevait et zigzaguait vers la maison. Elle récupéra les clefs de sa Clio sur le tableau dans le vestibule, se glissa tant bien que mal sur le siège du conducteur. Elle eut du mal à introduire la clef. Elle l'actionna. D'abord rien, puis le moteur toussota. D'avoir repris l'initiative, elle se sentait un peu mieux.

— Démarre ! marmonna-t-elle. Démarre, je t'en supplie.

XXXXV

Le moteur émit un borborygme étrange, puis il se mit enfin à ronronner. Véronique effectua une marche arrière en faisant gicler le gravier. Au moment de franchir le portail, elle aperçut une silhouette qui émergeait de la piscine. Elle démarra sur les chapeaux de roue. La route se brouillait devant ses yeux, elle actionna le phare encore valide, baissa les vitres latérales, l'air frais la tira de sa torpeur. Des lumières se rapprochaient à grande vitesse dans son dos. Alban, il n'avait pas renoncé à sa vengeance, elle le savait capable maintenant d'aller jusqu'au meurtre, elle accéléra. Le whisky intensifiait son effet, elle avait du mal à garder son véhicule au milieu de la chaussée. Le brouillard noya soudain le paysage et rendit la scène encore plus irréelle. Véronique crut se retrouver plus d'un an en arrière. Un chien, ce n'était qu'un chien. Elle sentit sa conscience vaciller, laissa ses paupières se fermer. Dormir, oublier. Mourir.

Un hurlement de klaxon. Elle eut juste le réflexe de rectifier sa trajectoire afin d'éviter le véhicule qui la frôla de face. Elle jeta un coup d'œil dans son rétroviseur. Aperçut avec horreur deux halos nébuleux qui fondirent sur elle en quelques secondes avant de disparaître dans son rétroviseur. Un choc violent à l'arrière. Sa Clio dérapa dans une nouvelle embardée. Les mains crispées sur son volant, elle accéléra encore en revenant au milieu de la chaussée. Alban en fit de même, ne la lâchant pas d'un pouce.

La course folle se rapprochait des virages où Véronique Quinet avait percuté un chien, de l'endroit où l'on avait retrouvé les corps des deux Mathilde. Un lieu maudit. L'alcool, le brouillard de plus en plus épais, elle n'y voyait goutte, gémissait qu'il lui fiche la paix : il l'avait assez fait souffrir, ça suffisait comme ça. Elle aborda la première courbe sans avoir eu la présence d'esprit de couper son élan. Ses roues gauches mordirent la berme. D'un coup de volant énergique, elle rectifia la trajectoire. Un peu trop, la Clio traversa la route et versa sur le flanc dans le fossé de l'autre côté.

Abasourdie, Véronique crut un court instant qu'elle avait quitté ce monde. Elle bougea avec précautions, rien de cassé. S'accrochant au dossier du siège, elle remonta et essaya d'ouvrir la portière gauche, le mécanisme en était bloqué. Dans le feu de l'action, elle n'avait pas vu passer la voiture d'Alban, il s'était garé un peu plus loin. En revanche, elle aperçut sa silhouette indécise dans l'opalescence laiteuse. Il revenait à pied. Une vision d'épouvante, les cheveux trempés, il dégoulinait de l'eau de la piscine. Il tenait quelque chose à la main. Mais quoi donc ? À moitié groggy, Véronique ne distingua pas tout de suite de quoi il s'agissait. Quand elle s'en rendit compte, elle poussa un cri terrible : un bidon.

La vitre latérale était restée entrouverte.

— Nous nous retrouvons, ma chérie. Je t'avais dit que tu ne pouvais plus m'échapper. Tu avais raison, la piscine, c'était une fin un peu trop banale, trop mélo, pas en accord en tout cas avec le scénario où nous évoluons tous les deux depuis le début. Un accident, oui. Toute notre histoire est truffée d'accidents, c'est normal qu'elle se termine ainsi.

Il dévissa le bouchon du bidon, et il en aspergea le capot de la voiture de Véronique. À l'idée de mourir brûlée vive, elle recouvra sa lucidité. Elle lui hurla d'arrêter. Dans la pénombre, le visage d'Alban était tiraillé de grimaces. Le regard fixe, il poursuivait son obnubilation vengeresse avec application, comme s'il était de son devoir d'éliminer cette femme qu'il estimait responsable de ses propres erreurs.

— Voilà. Un beau feu de joie. Mathilde sera contente si elle peut te voir de là-haut. Les flammes de l'enfer alors qu'elle doit être, elle, au paradis.

Il sortit son briquet, en pressa l'allumage. Il se recula avant de le jeter sur la voiture de Véronique.

En cet endroit, la courbe était sévère et n'offrait guère de visibilité aux véhicules qui en surgissaient, surtout dans une pareille purée de pois. Concentré sur sa sinistre besogne, Alban n'avait pas entendu les vrombissements lointains d'un moteur. Il ne vit pas non plus les phares qui émergèrent du virage dans le brouillard comme deux éclairs. Des jeunes en goguette, un bolide qui fonçait à tombeau ouvert, le conducteur ne freina même pas. Le gynéco fut fauché de plein fouet. Soulevé comme une marionnette, Alban Quinet passa par-dessus le toit du bolide et s'abîma sur la chaussée, pour rouler finalement dans le fossé empli d'eau.

Épilogue

Nicole Bergeret était pétrifiée. Debout face à elle, elle regardait Véronique Quinet assise dans le fauteuil, se demandant quel crédit apporter à la sordide histoire qu'elle lui débitait. Celle-ci avait passé toutefois sous silence le rôle de son mari dans le décès de leur fille. En revanche, elle lui raconta comment elle avait été mise sur la piste.

— J'étais sûre que c'était un chien. Un soir, j'ai rencontré la petite fille à qui il appartenait, j'ai su que je ne m'étais pas trompée. Par la suite, tout s'est enchaîné. J'ai découvert la boucle d'oreille tête de mort de Mathilde dans le veston de mon mari, il n'était pas difficile de deviner qu'il entretenait une liaison avec votre fille. J'en ai eu la confirmation par l'une de ses anciennes maîtresses. Quand il a voulu m'assassiner, il m'a raconté comment il l'avait tuée, une dispute, un accident qu'il disait. C'est alors qu'il a eu l'idée de me faire porter le chapeau et il y est parvenu. Voilà.

— Qu'est-ce que vous comptez faire maintenant?

— C'est pour en décider que je suis venue vous voir. Vous, qu'est-ce que vous souhaitez?

La femme secoua la tête.

— Je ne sais pas… Pour moi, ça ne change plus grand-chose. Ce que vous venez de m'expliquer ne fera pas revenir ma pauvre Mathilde. Après ce que vous m'avez